Bisher aus dieser Roman-Reihe erschienen:
Band 1 – Herbststürme
Band 2 – Sternschnuppen-Regen
Band 3 – Hitzeschlacht

Und im spiritbooks Verlag:
Gleichklang
Touché

Weitere Informationen finden Sie unter: www.pcs-books.de

Gabriele Schmid

Hitzeschlacht

Roman aus der Reihe

„Aus Träumen werden Geschichten"

Band 3 – Tabea und Till

Das Werk, einschließlich aller seiner Teile, ist urheberrechtlich geschützt. Jede Verwertung ist ohne Zustimmung der Autorin unzulässig. Dies gilt insbesondere für Vervielfältigungen, Übersetzungen, Mikroverfilmungen und die Einspeicherung und Verarbeitung in elektronischen Systemen.

Copyright © 2016 Gabriele Schmid, www.pcs-books.de
Lektorat: Bettina Dworatzek und Ursula Hahnenberg –
www.buechermachen.de
Covergestaltung: Corina Witte-Pflanz, www.ooografik.de
Autorenfotos: Nicole Geck, www.geck-fotografie.de
Coverfotos: *Travel photography* © Warren Goldswain – Fotolia.com; *grunge note paper envelope* © picsfive – Fotolia.com; *Red wax seal in shape of heart isolated on white* © Andrey Kuzmin – Fotolia.com
Kapitelgrafik: *logo village de france* © ascain64 – Fotolia.com

Verlag: tredition GmbH, Hamburg
Printed in Germany
All rights reserved.
ISBN: 978-3-8495-8406-1
1. Auflage

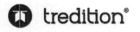

Wie immer:
Für meine drei Männer

Herzlich willkommen in Mittsingen.

Traditionell führen Euch die Protagonisten aus dem vorherigen Band in die Geschichte ein.
Alexandra Frey und Christian Wartmann leben nun zusammen, kümmern sich gemeinsam um Alexandras Geschwister, gewöhnen sich langsam aneinander und kämpfen mit alltäglichen Problemen und denen, die sie sich selbst machen.

Pia Röcker und Alexander Pröhl sind voller Vorfreude auf ihr erstes Baby und kümmern sich immer noch um ihren Stiefbruder, bis die Eltern von der Forschungsreise zurückkehren.

Chloé Harrison gewöhnt sich an ihr neues Leben als Single, fühlt sich in Mittsingen heimisch und schließt neue Freundschaften.

Tabea Lier dagegen betrauert noch immer den Verlust ihres Verlobten und kämpft mit anderen Schatten der Vergangenheit.

Außerdem lernt Ihr die Familie von Rittenstein-Dischenberg kennen und das Weingut auf Schloss Dischenberg. Auch Daniela Hollbach taucht wieder auf, und langsam aber sicher wird sich auch ihre Geschichte offenbaren.

Lasst Euch überraschen.
Viel Spaß wünscht Euch
Gabriele J.

Prolog

Alexandra Frey zog die Bettdecke höher und drehte sich auf die andere Seite. Sie gähnte, tastete mit der Hand nach Christian und fand statt eines warmen Körpers nur eine kalte, verwaiste Bettseite vor.

Nachdem sie bis tief in die Nacht an ihrem Krimi geschrieben hatte, war Christian, gerade als sie ins Bett gekrabbelt war und sich in seine Arme hatte kuscheln wollen, zu einem Notfall ins Krankenhaus gerufen worden. Wieder gähnte sie, öffnete verschlafen die Augen und saß augenblicklich senkrecht im Bett. Panisch sah sie sich um und entdeckte den Wecker erst, als sie sich quer über Christians Bettseite warf und über die Bettkante beugte. Ein kurzer Blick bestätigte ihre schlimmsten Befürchtungen.

„Verdammter Mist", Alexandra sprang auf und rannte aus dem Schlafzimmer durch den Flur Richtung Bad, wobei sie zu beiden Seiten an die Türen hämmerte.

„Daniel, Nathalie! Beeilt euch, wir haben verschlafen."

Im Badezimmer stoppte sie abrupt. Die Fenster waren geöffnet und es war geduscht worden. Wie üblich hatte Daniel es nicht für nötig gehalten, die Handtücher an die dafür vorgesehenen Haken zu hängen.

„*Hm?*" Irritiert schlüpfte sie in ihre Jogginghose und zog ein Kapuzenshirt über, das sie beides gestern im Bad hatte liegen lassen. Dann machte sie sich auf den Weg ins Erdgeschoss. Ein Kontrollblick in die Zimmer ihrer Geschwister überzeugte sie, dass beide wirklich aufgestanden waren.

Schon auf den letzten Treppenstufen hörte sie Nathalies helles Gekicher und Christians tiefen Bass, der es irgendwie schaffte, Daniels unaufhörliches Geplapper zu übertönen.

Überrascht blieb sie unter dem Türrahmen stehen und betrachtete das Bild, das sich ihr bot: Christian beugte sich über Daniel, der wie üblich beim Frühstück noch schnell die unerledigten Hausaufgaben nachholte.

„Was für eine Zahl ist das?"

„Eine Neun. Das sieht man doch!"

„Eben nicht!" Christian nahm den Tintenkiller vom Tisch und klopfte damit spielerisch auf Daniels Kopf. „Da drin steckt so ein helles Köpfchen, das gleichzeitig so dämlich ist, nicht ordentlich zu schreiben. Du bist ein Schlamper, Daniel."

Nathalie prustete los und erntete dafür einen bösen Blick ihres elfjährigen Bruders.

„Der kapiert es einfach nicht", murmelte Nathalie halblaut und biss dann in ihr Frühstücksbrot.

„Blöde Kuh!" Daniel warf mit dem Radiergummi nach Nathalie.

„Aufhören! Du schreibst das jetzt noch mal." Christian lehnte sich an einen Küchenschrank und nippte am Kaffee. „Wenn du die Zahlen nicht deutlicher schreibst, dann wird das nie was mit einer Eins. Es nutzt nichts, fix rechnen zu können, wenn keiner dein Ergebnis entziffern kann."

Jetzt hatte auch Alexandra Mühe, ein Kichern zu unterdrücken, doch sie war noch nicht bereit, ihren Beobachtungsposten aufzugeben. Sie sah sich zufrieden im Raum um. Es hatte sich wirklich gelohnt, nicht nur die Wände neu zu streichen, sondern auch gleich die dreißig Jahre alte Kücheneinrichtung gegen eine moderne auszutauschen. Die dunklen Möbel hatten Platz gemacht für eine helle Küchenzeile und eine anthrazitfarbene Kochinsel, an die sich ein langer Tisch mit Bänken anschloss.

Wie die Küche hatte sich vieles in den letzten Monaten verändert. Christian war bei ihnen eingezogen und sie war glücklich wie noch nie in ihrem Leben. Die ganze Last der letzten Jahre, nach dem Tod der Eltern allein für ihre beiden Geschwister sorgen zu müssen, war mit Christian an ihrer Seite viel leichter zu tragen. Und der hatte sichtlich Spaß daran, hier mit Daniel zu diskutieren, wie sie an dem Augenzwinkern erkannte, das er mit Nathalie tauschte.

„Sooo vielleicht?", maulte Daniel und sah wieder auf. Christian stieß sich ab und betrachtete Daniels Heft kritisch.

„Besser, aber noch nicht gut."

„Mann, du bist ja schlimmer als Lexi", stöhnte Daniel und jetzt konnte Alexandra ihr Lachen nicht mehr unterdrücken und trat hinter Christian, um sich an dessen Rücken zu schmiegen.

„Morgen, Schlafmütze", er drehte sich zu ihr um. Dann drückte er ihr einen Kuss auf die Wange und nahm sie in den Arm.

„Guten Morgen." Sie gähnte herzhaft, machte sich nach einem Kuss wieder frei und strubbelte durch Daniels Haarschopf. In Gedanken machte sie sich einen Vermerk, für ihn einen Friseurtermin auszumachen.

„Mann, Lexi. Christian ist der volle Folterknecht."

„Ist er nicht." Alexandra ließ sich neben ihrer Schwester auf die Bank sinken. „Danke, dass ich ausschlafen durfte."

„Gern geschehen." Christian stellte einen dampfenden Kaffeebecher vor ihr ab. „Ich bin gerade vom Krankenhaus gekommen, als Nathalies Wecker geklingelt hat. Warum sollten wir dich also aus dem Bett holen."

„Ahhh!" Alexandra sog den Kaffeeduft auf, dann betrachtete sie Nathalie. „Alles klar bei dir?"

„Mhm, alles bestens." Nathalie grinste und erwiderte ihren Blick. Alexandra freute sich daran, wie Nathalie nach der erfolgreich verlaufenen Augen-OP wieder aufgeblüht war. Aus dem schweigsamen, in sich gekehrten, mürrischen Mädchen war wieder ein freundliches Wesen geworden. Auch wenn sich der rechte Sehnerv nicht vollständig regeneriert hatte, war Nathalie überglücklich, wenigstens auf einem Auge wieder nahezu alles sehen zu können.

„Hast du was dagegen, wenn ich am Wochenende bei Jan übernachte?"

Nathalies bittender Blick ließ Alexandra sofort weich werden. „Wenn ihr auch ab und zu mal was für die

Schule macht, auch wenn es nur noch drei Wochen bis zu den Sommerferien sind, dann soll es mir egal sein." Alexandra nahm sich ein Brot und zog die Butterdose zu sich.

„Machen wir ... bestimmt ... auch", zog Nathalie sie auf und fing sich eine angedeutete Kopfnuss von Alexandra ein. „Wir haben nächste Woche die letzten beiden Arbeiten. Außerdem hab ich Dienst im Kletterzentrum und Jan muss arbeiten."

„Hast du dir jetzt eigentlich überlegt, was du dir von uns zum Geburtstag wünschst?", hakte Alexandra nach und rechnete mit der üblichen Antwort. Doch Nathalie nickte begeistert.

„Jan hat ein Plakat gesehen, dass Xseera in der Schleyer-Halle auftritt. Können wir da vielleicht alle hin?" Nathalies Augen glitzerten erwartungsvoll.

„Kennt man Xser-ra?", erkundigte sich Christian.

„Oh Mann, Christian. Sag bloß, du kennst *Hopeless Summer* nicht?" Nathalie verdrehte die Augen. „Der Song wird doch seit Wochen rauf und runter gespielt."

„Das Lied kenne sogar ich", grinste Alexandra.

„Achtung!" Daniel tippte auf seinem Handy herum und Sekunden später war der Raum von harmonisch rhythmischen Klängen erfüllt.

„Ach, das. Ja, das kenne ich", meinte Christian und nahm Daniel das Handy aus der Hand, um die Lautstärke auf ein erträgliches Maß zu senken.

„Kann ich mit?" Daniel reckte den Hals. „Bi-tte."

„Spinnst du? Da ist Schule." Nathalie schüttelte den Kopf.

„Nathalie, weißt du, wann das Konzert sein soll?"

„Nee, den Termin weiß ich jetzt nicht. Aber das müsste man ja lässig rauskriegen. Christian, hinter dir liegt das iPad." Nathalie rutschte näher zu Alexandra.

Alexandra nahm das iPad entgegen, das ihr Christian reichte. Gemeinsam mit Nathalie beugte sie sich über den Bildschirm und wenige Augenblicke später hatten sie es gefunden. „Also, das Konzert ist am sechsten Oktober. Du hast Glück, Daniel. Es ist ein Samstag, dann nehmen wir dich natürlich mit."

„Gehen wir hin?" Nathalie hatte vor Aufregung leuchtende Augen.

„Wenn wir noch Karten bekommen."

„Kann Tobias auch mit?" Wie immer war Daniel darauf bedacht, dass sein bester Freund nicht zu kurz kam.

Alexandra tauschte einen belustigten Blick mit Christian. Der zuckte lediglich mit den Schultern. „Also gut, ich frage Pia, ob wir Tobi mitnehmen können. Er könnte dann übernachten. Pia und Alex werden froh sein, mal ein paar Stunden für sich zu haben."

„Yippie Yeah", rief Daniel und stürmte zu Christian, um ihn zu umarmen.

„Hey, ich ... bestelle die Karten. Warum bedankst du dich jetzt bei Christian?", fragte Alexandra amüsiert und freute sich im Stillen darüber, wie schnell Daniel und Christian Freundschaft geschlossen hatten.

„Und ich hatte die Idee", schob Nathalie nach und nahm ihren stürmischen Bruder in den Arm. „Gern geschehen, Krümel. Das wird bestimmt ein toller Abend. Danke, Lexi."

„Na, bedanke dich, wenn ich die Karten bekommen habe. Der Vorverkauf läuft schon etwas länger. Ich mache es gleich, aber ihr solltet euch jetzt mal sputen, sonst kommt ihr doch noch zu spät, weil wir uns verbabbelt haben."

„Das muss ich gleich Tobi erzählen. Tschüss." Daniel stürmte aus der Küche, Nathalie erhob sich deutlich weniger euphorisch und schlich hinterher. Gleich darauf hörte man die Haustür ins Schloss fallen.

„Was für eine Ruhe", bemerkte Alexandra und lehnte ihren Kopf an Christians Schulter, der sich neben sie gesetzt hatte.

„Als du vorhin Alex erwähnt hast, fiel mir ein, dass er mich gebeten hat, ihm am Wochenende beim Tapezieren zu helfen." Christian legte den Arm um Alexandra und gähnte.

„Mach das. Ich freu mich für die beiden, dass sie die Wohnung bekommen haben", Alexandra strich über seine Schulter. „Du Armer. Musst du gleich wieder zum Dienst?"

Christian zuckte mit den Schultern. „Den Beruf hab ich mir eben rausgesucht. Lexi ..." Christian nahm ihre Hand und verschränkte seine Finger mit ihren, doch er sah sie nicht an. „Ich bin vielleicht bald geschieden. Chloé sagte mir vorhin, dass sie gestern mit der Anwältin telefoniert hat. Wir haben am neunten August einen Gerichtstermin. Die Anwältin meinte zu Chloé, es könnte alles rasch gehen, da wir uns in allem einig sind."

„Geht wirklich schnell. Ist das auch okay für dich?",

fragte Alexandra und ignorierte das beklommene Gefühl, das sich bemerkbar machte.

„Lexi", Christian drehte sich zu ihr und umrahmte ihr Gesicht mit beiden Händen. „Auch wenn das jetzt Chloé gegenüber hart klingt, ich wollte nie jemand anderen als dich an meiner Seite."

„Das weiß ich, Christian." Alexandra beugte sich zu ihm und küsste ihn zärtlich und lange, dann stand sie auf und stellte die Teller zusammen, um die Küche aufzuräumen.

„Bist du glücklich mit mir, Lexi", fragte Christian plötzlich, während er die Kaffeetassen in die Spülmaschine räumte.

Alexandra drehte sich zu ihm um und konnte ein glückliches Lächeln nicht verbergen. „Und wie. Christian, das ist alles so verrückt, was sich dieses Jahr alles verändert hat.

„Stimmt, immer wenn ich Alex und Pia miteinander sehe, muss ich grinsen. Vor allem, wenn ich mitbekomme, wie er jetzt um Pia rumschleicht, als könne er verhindern, dass sie sich übernimmt. Ha, dass ich nicht lache. Pia ist echt die letzte Person, die sich etwas sagen lässt. Schon gar nicht von Alex. Mist, das Salz ist alle", murmelte er und holte den Karton aus dem Schrank neben der Spülmaschine, um nachzufüllen. „Weißt du, wie lange Pia noch arbeiten will?

„Solange es geht, das ist ihre Standardantwort, wenn Tabea oder ich sie danach fragen." Alexandra lehnte sich an die Spüle und beobachtete ihn. „Ich glaube, sie und Tabea haben immer noch keinen Schimmer, wie sie das

Fotostudio weiterführen können, wenn das Baby da ist. Schließlich hat Pia nicht umsonst Tabea gebeten, hierzubleiben. Eine von beiden ist fast immer unterwegs, wenn ich sie besuche."

„Mir ist aufgefallen, dass Tabea viel gelöster wirkte. Ich kenne sie ja noch nicht so gut, aber der Schatten, der immer um ihre Augen lag, scheint verschwunden."

„Na ja, es gibt schon Tage, da ist sie wieder völlig in ihrem Kummer gefangen. Es ist ja auch nicht leicht, den Verlobten ein knappes halbes Jahr vor der Hochzeit zu verlieren. Aber sie scheint sich etwas zu öffnen. Pia hat mir gesteckt, dass Tabea eine heiße Affäre mit Till hatte. Der Kameramann, der über dem Fotostudio wohnt, du hast ihn schon mal getroffen – dunkelblonde Haare, Bart. Erinnerst du dich?"

Christian nickte. „Ich habe ihn aber schon lange nicht mehr gesehen."

„Er ist auch wieder beruflich unterwegs. Aber wäre Till nicht am anderen Ende der Welt, dann sähe für sie bestimmt schon alles sonniger aus. Pia meinte, Tabea hätte es voll erwischt."

„*Frauen!*" Christian schüttelte den Kopf. „Habt ihr eigentlich auch Geheimnisse voreinander?"

„Kaum!" Alexandra schüttelte sich vor Lachen, als Christian schnaubte. „Über irgendwas müssen wir ja schließlich reden."

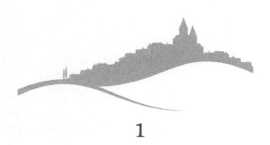

1

Till Winter stapfte über den staubigen Platz und näherte sich der größten Burganlage des Orients, mitten in der Altstadt der zweitgrößten Metropole im Norden Syriens. Die Kamera im Anschlag filmte er alles, ohne durch den Sucher zu blicken. Sein Blick galt einzig diesem fünfzig Meter hohen Hügel mit den ansteigenden Wänden, auf dem majestätisch die Zitadelle von Aleppo thronte.

Hier war er vor vier Jahren schon einmal gewesen. Hier, wo sich einst die Handelsstraßen kreuzten: Die Weihrauchstraße, die Ägypten mit Arabien und Indien verband und die Seidenstraße, die wohl längste transkontinentale Handelsstraße von Ostasien bis zum Mittelmeer.

Damals hatte das Leben an diesem Ort wie magisch pulsiert und man war ehrfürchtig erstarrt, wenn man dem Durcheinander von Händlern und Käufern des arabischen Markts, entronnen war. Denn plötzlich und unerwartet stand man vor diesem mächtigen Tempelberg aus dem 13. Jahrhundert und merkte, wie winzig man selbst war.

Heute herrschte hier aber eine deutlich angespannte

Atmosphäre. Die wenigen Menschen, die sich hier aufhielten, starrten wie er hinauf zur Zitadelle. Dort stiegen weiße Rauchschwaden auf.

Erst jetzt konzentrierte sich Till auf seine Aufgabe und fing minutenlang den Rauch in Großaufnahme ein, dann drehte er mit der Kamera auf die großflächigen Beschädigungen. In der Nacht auf den heutigen Sonntag hatte eine Explosion die Zitadelle erschüttert, die seit 1986 Teil des UNESCO-Welterbes war.

Ein etwa zwanzig Meter breiter Mauerabschnitt und ein Wachturm waren der Explosion zum Opfer gefallen und alles lag buchstäblich in Schutt und Asche.

Und noch viel mehr war zerstört worden. Allem voran der Idealismus und die Hoffnung auf Frieden, denn keiner hatte damit gerechnet, dass dieses Heiligtum zu Schaden kommen könnte. Seit dem Jahr 2000 wurden Ausgrabungen und Restaurierungsarbeiten an der Zitadelle durchgeführt. Für die Archäologen, die hier auf Siedlungsspuren gestoßen waren, die bis in die Jahre vor Christi zurückreichten, war das ein herber Rückschlag, wenn nicht sogar eine Katastrophe.

Die Zitadelle von Aleppo galt nicht umsonst als eine der ältesten und größten Festungen der Welt – mit dem Anschlag wurde sie mitten ins Herz getroffen und war seit heute gefährdeter denn je.

Nach der Explosion, von der man nicht wusste, wer dafür verantwortlich war, war es rund um Aleppo zu weiteren Kämpfen gekommen. Die Kampflinie führte sogar mitten durch die Stadt.

Till drehte seine Cap, die ihn gegen die unbarmherzige Sonne nur unzureichend schützte, mit dem Schild nach hinten, damit er nicht ständig gegen die Filmkamera stieß.

Für die Reportage war diese Explosion ein Glücksfall gewesen, wie sein Reporterkollege verkündet hatte. Für sie selbst hatte es die Gefahren eher noch erhöht. Mit ihren syrischen Führern waren sie vor drei Wochen hier in Aleppo angekommen, um von der Front zu berichten.

Heute Abend würde es endlich ein paar Tage zurück nach Damaskus gehen, wo es zwar nur unwesentlich sicherer für ausländische Reporterteams war, aber deutlich bequemer.

Sie waren die letzten Wochen mit zwei Jeeps im Norden von Syrien unterwegs gewesen und hatten die Autos auch als Schlafstätten benutzt, wenn sie für die Nacht keine Unterkunft gefunden hatten. Aber jetzt fieberte Till dem Tag entgegen, an dem er wieder in einem weichen Bett schlafen konnte. Zumindest für ein paar einigermaßen sichere Nächte, denn sie hatten beschlossen, ihre gefährliche Mission noch etwas auszudehnen und zu versuchen, doch noch Interviews von der Zivilbevölkerung und den Hilfskräften einzufangen.

Aber danach war Schluss, denn sie trotzten jetzt schon fast vier Monate den Gefahren und den unbarmherzigen Temperaturen. Er hatte die Nase gestrichen voll und er sehnte sich nach einer erfrischenden Dusche und nach Tabea.

Er beendete die Filmaufnahmen mit einer Nahaufnahme der zerstörten Mauer und gab das Zeichen, dass er fertig war. Seine Kollegen nickten und sammelten ihre Ausrüstungsgegenstände ein, dann schleppten sie alles zu den Jeeps zurück, die am Rande des Platzes abgestellt waren.

Die syrischen Fahrer, die ihnen in den langen Wochen gute Freunde geworden waren, warteten, bis alle da waren. Till krabbelte auf die hintere Sitzbank, legte seine schwere Kamera über die Rücklehne in den Transportkoffer im Kofferraum und bedeckte alles mit einer Plane. Als Tills Kollege eingestiegen war, ließ der Fahrer ihres Jeeps den Motor an und folgte dem zweiten, der schon in einer Staubwolke verschwand.

Till versuchte, eine bequeme Stellung zu finden, und schloss die Augen. Wie er es inzwischen schon gewohnt war, tauchte Tabea vor seinem inneren Auge auf. Ihre langen schwarzen Haare, ihre leicht mandelförmigen, ebenfalls schwarzen Augen, die kecke Nase und die rosigen Lippen, die ihn ständig reizten, sie zu küssen.

Vom ersten Tag, als er sie in Pias Fotostudio gesehen hatte, war sie ihm nicht mehr aus dem Kopf gegangen. Was mit Freundschaft begonnen hatte, war durch Knistern und glühende Blicke zu einem Rausch geworden, den sie nur zwei Nächte hatten genießen dürfen.

Wenn er an die spärlichen Mails dachte, die er immer dann geschickt hatte, wenn er ausnahmsweise mal ein funktionierendes Internet gehabt hatte, wurde ihm übel. Er hatte ihr von Beginn ihrer Freundschaft Lüge um Lüge aufgetischt. Das allerdings nur, weil ihm bewusst war, wie sehr sie noch immer unter dem Verlust ihres Verlobten litt.

Hätte er je geahnt, dass aus ihrer Freundschaft tiefere

Gefühle entstehen könnten, hätte er nicht gelogen.

Nein, das stimmte nicht. Er sollte wenigstens sich selbst gegenüber ehrlich sein. Er hätte ihr schon deshalb nicht die Wahrheit erzählt, weil ihm klar war, dass Tabea sich niemals mehr auf eine Beziehung einlassen würde, bei der sich ihr Partner wissentlich und bewusst einer Gefahr aussetzte. Das hatte sie mehrfach, wenn auch unterschwellig, zum Ausdruck gebracht. Und er hatte auch gar keine Ahnung, ob sie überhaupt einen Gedanken an ihn verschwendete. Genauso gut hätte es von ihrer Seite aus nur eine Art Verarbeitung gewesen sein können. Schließlich hatten sie nicht von Gefühlen, oder von dem, was sein – was werden könnte, gesprochen.

Die ersten Tage hatte er sich einen Narren gescholten und versucht, jedes Bild an Tabea zu verbannen. Je hartnäckiger er gewesen war, desto beharrlicher hatte sie sich in seine Träume geschlichen, wenn er endlich zur Ruhe gekommen war. Und nach drei Wochen hier in diesem rauen Land, das so wunderschöne Facetten hatte, hatte er sich zähneknirschend eingestehen müssen, dass er sich verliebt hatte.

Er war zum ersten Mal auf eine Frau gestoßen, mit der er sich eine gemeinsame Zukunft vorstellen konnte.

„Eines Tages stehst du vor der Frau, die dir dein Herz rauben wird." So hatte es seine Großmutter immer formuliert, wenn er alle Andeutungen auf eine Familie mit einem Lachen beiseite gewischt hatte. Es war schade, dass sie nun nicht erleben durfte, dass genau dies passiert war: Tabea hatte sein Herz schon erobert.

Nur leider hatte er gar nichts davon. Denn ihm war sehr wohl bewusst, würde Tabea je erfahren, was sein Job war und vor allem, wo er sich die letzten Monate aufgehalten hatte, dann würde sie eine Beziehung zu ihm auf der Stelle beenden.

Tills Kopfs schlug schmerzhaft gegen das Fenster und der Fahrer fluchte. Er rappelte sich auf und entdeckte in der Ferne einen Polizeiposten. Schnell setzte er sich aufrecht hin und achtete genau auf die Instruktionen des syrischen Fahrers, der sie bisher durch jede gefährliche Situation sicher manövriert hatte.

2

„Wo hab ich jetzt die Portobelege?", murmelte Tabea Lier und ließ ihren Blick über den Schreibtisch des kleinen Büros gleiten, das sich im hinteren Bereich des Fotostudios befand. „Ah, hier."

Während der Berg an unsortierten Quittungen vor ihr kleiner wurde, wuchsen die Stapel, auf denen sie alles nach Bereichen anordnete. Kurzerhand hatte sie heute beschlossen, dem Chaos, das Pia Buchhaltung nannte, endlich systematisch zu Leibe zu rücken. Dass es eine solche Herausforderung werden würde, hätte sie allerdings nicht gedacht. Als sie Anfang März diesen Jahres ganz offiziell die Unterschrift unter den Vertrag gesetzt hatte, der sie zur Mitinhaberin an Pias Fotostudio machte, da hatte Pia noch groß getönt, dass sie alles im Griff hätte.

Klar, deswegen stapelten sich auch die Belege hier in der Schublade. Die hatte sie heute durch Zufall entdeckt, als sie nach einem neuen Edding zum Beschriften der CDs gesucht hatte. Tabea kniff die Augen zusammen und starrte das Blatt Papier in ihrer Hand an. Das hier sah definitiv nach einer Mahnung aus und das Datum war sogar von Anfang Juli.

„Mann, Pia, was für eine Schlamperei", fluchte sie.

Eigentlich war Pias Lebensgefährte Wirtschaftsprüfer und prädestiniert für diesen Job, doch Alexander hielt sich klugerweise von Pias Unordnung fern. Sie legte den Beleg auf einen kleineren Stapel, der unerledigte Rechnungen enthielt und stöhnte.

„Wie hast du es eigentlich geschafft, dieses Chaos vor mir zu verbergen?", murmelte sie und fühlte sich einmal mehr bestätigt, dass es richtig gewesen war, von Celle hierher ins schwäbische Mittsingen zu ziehen, um einen Neuanfang zu wagen. Auch wenn sie hier erst mal Ordnung schaffen musste.

Ein Schiffshorn ertönte zweimal – laut und durchdringend. Tabea zuckte zusammen und verfluchte den Tag, an dem sich Pia den Spaß erlaubt und an ihrem iMac heimlich diesen Soundeffekt für neu ankommende Mails eingerichtet hatte. Immer wieder nahm Tabea sich vor, den Sound zu ändern, und vergaß es dann doch jedes Mal. Jetzt war auch keine Zeit dazu, dauerten doch ihre Sortierarbeiten schon viel länger als geplant. Ein kurzer Blick auf die Uhr bestätigt ihr, dass sie noch genau vierzig Minuten Zeit hatte, bevor sie zu ihrem Termin aufbrechen musste.

„Endlich", sie legte den letzten Beleg auf den Stapel zu ihrer Linken. Dann nahm sie den Locher in die Hand und heftete alles der Reihe nach ab. Schließlich klappte sie den Deckel zu und betrachtete zufrieden ihr Werk. Jetzt nur noch die Rechnungen überweisen, die angemahnt waren, den Rest würde sie morgen erledigen.

Nachdem sie den Ordner in den Schrank neben dem

Schreibtisch geräumt hatte, wandte sie sich wieder zum Bildschirm um, erinnerte sich an den Maileingang und wechselte ins Mailprogramm.

Der Absender sprang ihr sofort ins Auge: „Till Winter."

Ihr wurde schlagartig heiß und ihre Gefühle und Gedanken vollführten einen Wettstreit: Sehnsucht und Ärger, gepaart mit einer Portion schlechten Gewissens in dem Bewusstsein, Jörn betrogen zu haben.

„Quatsch! Jörn ist tot", beruhigte sie sich und der bekannte Schmerz rang die widersprüchlichen Gefühle zu Till nieder. „Und Till ist ein Arsch!"

Seit acht Wochen hatte Till nichts mehr von sich hören lassen, nachdem zuvor auch nur einzelne Nachrichten von ihm aus Dubai eingetrudelt waren. Doch seine Rückkehr nahte und ihre Nervosität nahm stetig zu, weil sie nicht wusste, wie sie sich ihm gegenüber verhalten sollte. Wahrscheinlich kündigte er in dieser Mail seine Heimkehr an.

„Was mach ich nur?", murmelte sie und rutschte unruhig auf ihrem Stuhl umher. Im März hatte sie mit Till zwei wunderschöne Nächte verbracht, bevor er beruflich nach Dubai hatte reisen müssen. Seither sagte sich Tabea immer wieder, dass alles nur ein Ausrutscher gewesen war. Und genau das hätte sie Till vor seiner Abreise eigentlich sagen sollen, doch sie hatte die Gelegenheit verstreichen lassen. Und trotz ihrer Bedenken hatte sie ihn in den ersten Tagen fürchterlich vermisst.

„Weißt du eigentlich, was du willst?" Tabea schüttelte den Kopf und fragte sich insgeheim, ob sie sich selbst oder Till meinte. Wahrscheinlich machte sie sich viel zu viele Gedanken – um etwas, was Till überhaupt nicht in den Sinn kam. Es gab sowieso nur eine Möglichkeit herauszufinden, was er wollte, also schwebte sie noch zwei Sekunden mit dem Mauszeiger über der Mail, bis sie diese schließlich öffnete.

„Hey, Tabea,
könntest du dich bitte weiter um meine Post und meine kümmerlichen Pflänzchen kümmern. Unser Aufenthalt hier in Dubai ist verlängert worden. Ich lass dich dafür auch das nächste Billardspiel gewinnen. ☺
Danke!
Dubai ist einfach toll. Die Bauwerke, die wir filmen, machen mich sprachlos. Ich weiß nicht, was ich imposanter finden soll, das Burj Al Arab von Jumeirah, das mit seiner segelförmigen Silhouette zum Symbol des modernen Dubais geworden ist, oder das Burj Khalifa, das mit 828 m bis heute das höchste Gebäude der Welt ist.
Für den Bau des Burj Al Arab musste erst eine Insel konstruiert und gebaut werden, die den unberechenbaren Stürmen und der Kraft der Wellen im Persischen Golf standhalten würde ..."

In diesem Stil ging es weiter. Tabea starrte auf die Mail – wieder kein Wort, dass er an sie dachte oder sie vermisste. Nun ja, so hatte sie es ja eigentlich auch erwartet, warum machte sich dann jetzt so ein kleines fieses Teufelchen bemerkbar, das ihr ins Ohr flüsterte, dass sie Tills Gedanken bestimmt nicht so ausfüllte, wie er ihre – im Guten wie im Schlechten. Auch jetzt dachte Till ausschließlich an seine kümmerlichen Pflänzchen. *Ha!*

„Natürlich, selbstverständlich mach ich das", murmelte sie und wieder lieferten sich Erleichterung und Enttäuschung einen harten Wettstreit.

Tabea schnaubte. Sie drückte auf *Antworten* und tippte ihre Worte blitzschnell ein, dann las sie sich ihre völlig neutralen Worte noch einmal vor: „Klar mach ich das. Weißt du schon, wann ihr zurückkommt? Und glaube bloß nicht, dass du je eine Chance beim Billard gegen mich haben wirst. Viele Grüße, Tabea."

Tabea hörte Schritte und drückte schnell auf *Senden*. Doch Pia hatte wohl ihre Worte gehört, denn sie sah sie neugierig an. „Wer hat keine Chance gegen dich?"

„Till. Er meint, wenn ich weiter seine Wohnung versorge, dann lässt er mich das nächste Billardspiel gewinnen."

„Ach, wie geht's ihm?", erkundigte sich Pia. Sie strich ihre langen Haare hinters Ohr, beugte sich näher an den PC und las laut vor: „Ich weiß nicht, was ich imposanter finden soll, das Burj Al Arab von Jumeirah, das mit seiner segelförmigen Silhouette zum Symbol des modernen Dubais geworden ist, oder das Burj Khalifa, das mit 828 m bis heute das höchste Gebäude der Welt ist. Schreibt der auch was Persönliches?" Pia richtete sich stöhnend wieder auf und hielt sich den Rücken.

„Was würdest du jetzt gerne lesen?", fragte Tabea und musterte Pia grinsend. Durch die fortgeschrittene Schwangerschaft, wirkte ihre Freundin noch zierlicher und kleiner und der Bauch dafür umso voluminöser.

„Na, so was wie: *Ich vermisse dich und freue mich auf unser nächstes Tête-à-Tête ...*"

„Spinnst du? Wir leben im 20. Jahrhundert, bloß weil ich einmal ... okay zweimal", verbesserte sie sich, weil Pia grinsend zwei Finger in die Luft streckte. „Also zweimal mit ihm im Bett war, heißt das doch nicht, dass man gleich für immer und ewig gebunden ist. Mach dir lieber mal Gedanken, ob du nicht endlich Alex' größten Wunsch erfüllst und *euer folgenreiches Tête-à-Tête* legalisierst."

„Ich habe kein Tête-à-Tête mit Alex."

„Was dann?" Tabea tippte auf Pias runde Kugel, die sie inzwischen stolz vor sich hertrug. „Du weigerst dich schließlich hartnäckig, ihn zu heiraten."

„Quatsch. Ich will nur nicht heiraten, solange Mama und Fred noch auf den Salomonen sind. Das kommt mir wie ein Verrat vor. Mir reicht schon, dass wir ihnen immer noch nicht gesagt haben, dass wir ein Baby erwarten. Dabei kommen sie schon Mitte Oktober zurück und dann sind es nur noch zwei Wochen bis zum errechneten Geburtstermin." Pias Stimme wurde immer leiser und Tabea erkannte, wie sehr Pia ihre Mutter fehlte, die seit knapp einem Jahr wegen eines Forschungsauftrags in der Südsee weilte.

„Sie wird dich schon nicht auffressen", beruhigte Tabea ihre Freundin und strich ihr über die Schulter.

„Nee, aber vielleicht ist sie enttäuscht." Tabea ließ den Blick über den Schreibtisch gleiten. Plötzlich wurden ihre Augen kugelrund. „Oh? Wo ist das ganze Chaos hin, das wollte ich heute aufräumen."

„Wer es glaubt, wird selig. Wie lange schiebst du das schon vor dir her? Juni ...", beantwortete sie mürrisch ihre eigene Frage, weil sie sicher war, dass eine der Rechnungen genau dieses Datum trug.

„Na ja, wir hatten so viel zu tun. Bist du deswegen so angesäuert? Oder bist du sauer, weil Till noch nicht zurück ist?", fragte Pia und Tabea fühlte, wie sie unter Pias Blick errötete.

„Wenn du nichts dagegen hast, dann übernehme ich die Buchhaltung von jetzt an. Also lass bloß die Finger davon", ignorierte Tabea Pias Frage und starrte auf den Bildschirm.

„Da wird dir Alex um den Hals fallen, mach ruhig. Aber das war jetzt nicht das Thema. Ich hab dich gefragt, ob dir Till fehlt."

„Ach, Pia. Ich weiß überhaupt nichts mehr. In den ersten Tagen, nachdem er abgereist war, kam ich mir wie eine Ehebrecherin vor."

„Oh, Tabea. Jörn ist bald ein Jahr tot. Er würde doch bestimmt nicht wollen, dass du wie eine Nonne lebst."

„Nein, aber er wird auch nicht wollen, dass ich unsere gemeinsamen Jahre einfach vergesse."

Pia schwieg und suchte sichtlich nach Worten. „Das ist doch Blödsinn. Du wirst deine Jahre mit Jörn nie vergessen und wäre er nicht diesem Anschlag zum Opfer gefallen, dann wärst du heute noch glücklich mit ihm."

„Oder auch nicht", murmelte Tabea.

„Was soll das jetzt heißen?" Pia starrte sie entgeistert an.

„Ich merke immer mehr, dass ich in den letzten Jahren nicht mehr wirklich glücklich mit Jörn war. Meine Gedanken drehten sich nicht mehr um unser gemeinsames Leben, sondern ausschließlich darum, ob er gesund zu mir zurückkommt und wie viel Zeit wir dieses Mal miteinander verbringen können. Ich hatte eigentlich nur noch Angst. Ich hab viel nachgedacht in letzter Zeit."

„Allerdings ...", Pia zögerte nur ganz kurz. „Kann es sein, dass du einfach nur völlig durch den Wind bist, weil du dir endlich erlaubst, wieder am Leben teilzuhaben?"

Tabea betrachtete Pia, während sie über deren Worte nachdachte. Ihre Freundin sah glücklich und zufrieden aus. Das typische Strahlen und versonnene Lächeln, das Schwangeren vorbehalten war, machte aus ihr eine wunderschöne Frau. Auch wenn sie jetzt mit schmerzverzerrtem Gesicht stöhnte und ihren Rücken rieb. Pia war in der dreißigsten Schwangerschaftswoche und hatte seit Beginn der Schwangerschaft Probleme mit den Bandscheiben.

„Bald hast du es überstanden", versuchte Tabea Pia aufzumuntern.

„Ich will dir ja keine Angst machen, aber ich freu mich wirklich auf den Mutterschutz." Pia rieb sich erneut über ihre Rückseite und verzog das Gesicht zu einer Grimasse.

„So schlimm?"

„Schlimmer, ich weiß seit Tagen nicht mehr, wie ich liegen soll. Auf dem Rücken geht nicht, da beschwert sich der Zwerg, liege ich seitlich, bekomme ich Krämpfe in den Beinen. Alles Mist, momentan ist mein Ischias dauergereizt." Sie beugte sich schwerfällig nach vorn und schnappte sich einen Schokoriegel aus der Tüte, die auf dem Schreibtisch lag.

„Dein Appetit hat jedenfalls nicht unter der Schwangerschaft gelitten", zog sie Pia auf und hoffte, somit das Thema Till nun umschiffen zu können.

„Nö, aber ich muss ja jetzt für zwei essen." Pia malte Kreise auf ihren Bauch und zog eine Augenbraue nach oben. „Kann ich dich aufheitern, indem ich dich heute Abend zum Essen einlade?" Pia schnappte sich einen zweiten Schokoriegel. „Mal was anderes. Wir sollten wirklich überlegen, wie wir weitermachen, wenn ich Ende September in Mutterschutz gehe."

„Ja, ich weiß auch noch nicht, wie das gehen soll. Fakt ist, ich muss die Aufträge reduzieren. Das mit dem Abendessen hört sich gut an, ich komme gerne." Tabea wusste, wenn sie allein zu Hause saß, würde sie nur wieder grübeln und davon hatte sie eigentlich genug.

„Dann komm doch gleich nach Feierabend mit. Wir können noch schnell was einkaufen gehen und dann gemeinsam kochen." Die Türglocke signalisierte neue Kundschaft und Pia setzte sich mühsam in Bewegung. „Du musst ja gleich nach Ludwigsburg, ich warte dann hier auf dich. Und denk dran, morgen ist dein Termin auf Schloss Dischenberg."

„Hallo, keiner da?", war eine Stimme zu vernehmen, die Tabea sofort als die von Alexandra Frey, der Buchhändlerin von gegenüber identifizierte.

„Wir sind beide hinten", rief Pia und blieb dann doch wieder stehen. Schon kam Alexandra eilig den schmalen Flur entlang.

„Hallihallo, ihr beiden. Bei euch scheint heute, wie bei mir, die Hölle los zu sein. Bei diesem Mistwetter jagt man auch keinen Hund vor die Tür. Im Buchladen waren heute Morgen sage und schreibe zwei Kundinnen." Alexandra begrüßte die beiden mit einem Lächeln und streckte ihnen je einen Teller entgegen. „Kleine Pause gefällig? Ich habe gestern gebacken."

„Na, du musst ja Zeit haben." Pia schnappte sich einen Teller und biss sofort genüsslich vom Nusskuchen ab.

„Danke, Lexi, da sag ich nicht nein. Willst du einen Kaffee?", fragte Tabea und nahm den zweiten Teller entgegen.

„Und da sage ich nicht nein. Meine Kaffeemaschine hat gestern den Geist aufgegeben. Bleib sitzen, ich hol mir selbst einen. Noch jemand?"

Als beide verneinten, ging Alexandra in die Miniküche zurück, in die es links vor dem Büro hineinging. Schon hörte man sie im Schrank kramen, dann, wie das Mahlwerk die Bohnen zerkleinerte.

„Backen kann sie, das muss man ihr lassen." Pia stippte mit dem Zeigefinger die letzten Krümel von ihrem Teller, während Tabea, die erst bei ihrem zweiten Bissen angekommen war, mit vollem Mund nickte. „Und wie."

„Mädels, was haltet ihr davon, wenn wir übernächstes Wochenende Christians Geburtstag mit einer Gartenparty feiern?" Alexandra lugte kurz zur Tür herein und verschwand wieder.

„Solange es nicht so regnet, wie in den letzten beiden Tagen", murmelte Pia und deutete mit dem Kopf zum Fenster, wo die Regentropfen in dicken Rinnsalen die Scheibe hinabflossen.

„Ab morgen soll es besser werden", erklärte Tabea, die schon besorgt wegen ihres morgigen Außentermins die Wetterlage kontrolliert hatte.

„Also, was meint ihr?" Alexandra erschien wieder, die Kaffeetasse in beiden Händen. „Könnte Alex dann Christian beim Grillen helfen? Euch drücke ich jeweils einen Salat aufs Auge, den Rest mache ich."

„Das hört sich doch gut an. Wir hatten eh schon vermutet, dass ihr feiern werdet. Sonst alles klar?", fragte Pia.

„Alles bestens. Ich wache jeden morgen auf und denke, ich träume. Es hat sich so viel verändert in den letzten Monaten und ich bin im siebten Himmel." Alexandra wirkte in der Tat überglücklich, wie sie strahlend am Türrahmen lehnte und an ihrem Kaffee nippte.

„Christian wirkt auch nicht mehr so angespannt, seit ihr aus Texas zurückgekommen seid. Zeigt ihr uns dann auch endlich die Urlaubsbilder?", fragte Pia und sammelte Tabeas leeren Teller ein.

Wieder ging die Türglocke, man hörte, wie zwei Kunden schwatzend das Fotostudio betraten. Pia hängte sich bei Alexandra ein, um mit ihr in den Laden zurückzugehen.

„Tschau, Tabea, ich geh dann auch mal wieder rüber. Pia, ich muss dich auch noch etwas wegen Nathalies Geburtstag fragen, mein Gott ein Fest jagt das andere." Alexandra winkte ihr zum Abschied zu. Tabea sah noch, wie die beiden Freundinnen die Köpfe zusammensteckten und hörte, wie sie miteinander tuschelten.

Lächelnd sah sie den beiden nach. Immer, wenn sie Lexi und Pia zusammen sah, und die Vertrautheit der beiden Freundinnen spürbar war, dann merkte sie, wie sehr ihr selbst eine gute Freundin fehlte. Aber wie sollte sie auch Freundschaften schließen, wenn sie meist zu Hause war. Außerdem schloss sie sowieso nicht so leicht Freundschaften. Bevor sie weiter darüber philosophieren konnte, fiel ihr Blick auf die Uhr.

Die Zeit reichte gerade noch, um die angemahnten Rechnungen zu überweisen, bevor sie ihre Ausrüstung zusammenpacken musste, die sie für den heutigen Außentermin brauchen würde.

3

Pia Röcker konnte es kaum abwarten, bis sich fünfzehn Minuten später die Ladentür hinter Tabea schloss. Sie beobachtete, wie ihre Freundin die Ausrüstung im Kofferraum verstaute, das Auto zügig wendete und zum Fotoshooting nach Ludwigsburg fuhr. Jetzt hatte sie freie Bahn!

„So, mein Freundchen", schimpfte sie halblaut. „Jetzt knöpfe ich dich mir mal vor."

Blitzschnell öffnete sie das Mailprogramm und tippte den Text ein, den sie sich überlegt hatte. Dann drückte sie auf *Senden* und rieb sich zufrieden die Hände. „Na warte, du glaubst ja wohl nicht, du kannst dich einfach so aus dem Staub machen."

Ihre Wut auf Till Winter, ein guter Freund von ihr, war seit seiner Abreise von Woche zu Woche größer geworden. Dass er Tabea im Unklaren darüber gelassen hatte, wohin er wirklich geflogen war, war eine Sache. Dass er sich aber, wenn überhaupt, nur sporadisch bei ihr meldete, war der Gipfel in Pias Augen. In Dubai war er unter Garantie nicht. Eher war der Vollpfosten im Irak oder einem der anderen Kriegsgebiete, aus denen sich in letzter Zeit die besorgniserregenden Nachrichten häuften. Sie war voller Sorge, dass Till etwas zustoßen würde. Zugute halten konnte sie ihm nur, dass er – vermutlich um sie Tabea gegenüber nicht in die Bredouille bringen zu müssen – auch ihr nicht gesagt hatte, in welche Region er wirklich hatte reisen müssen.

Das Klingeln der Ladenglocke riss sie aus diesen Überlegungen. Sie hob den Kopf vom Bildschirm und begrüßte die Kundin mit einem Lächeln. Sofort übernahm die Fotografin in ihr die Oberhand. *Wow!*

Die dunkelhäutige großgewachsene Frau, die bemerkenswert aufrecht und energischen Schrittes die wenigen Meter von der Tür Richtung Tresen das Fotoatelier durchquerte, überragte Pia deutlich. Und noch etwas anderes nahm die Fotografin an ihr sofort wahr: Die Fremde strahlte Selbstbewusstsein aus, doch etwas irritierte Pia. Denn bevor sie vor ihr stehenblieb, hatte sie bestimmt jede Ecke des Fotoateliers inspiziert. Nicht auf unangenehme Weise, dennoch unübersehbar wachsam.

„Hallo, womit kann ich Ihnen helfen?", überbrückte sie das sekundenlange Schweigen, während sie von der Frau abgescannt wurde – so kam es ihr jedenfalls vor.

„Hallo, tolles Studio", grüßte die Unbekannte freundlich und ihr Gesichtsausdruck hellte sich weiter auf, als sie die Kinderbilder entdeckte, die als Diashow hinter Pia über den Flat-Screen liefen. Darauf deutete sie dann. „Genau so etwas hätte ich gerne."

Schade, dachte Pia, *dieses Gesicht hätte ich gerne porträtiert. Faszinierend, die samtig schimmernde Gesichtsfarbe, diese riesigen, dunklen Augen und dieser wachsame Blick! Einfach faszinierend!* Die Fotografin in ihr geriet fast schon ins Schwärmen, dennoch hakte sie ganz professionell nach. „Familienporträts?"

„Nein, Bilder von unserem ersten Kletterworkshop für Kinder", erklärte die Frau und ergänzte nach einer kurzen Pause: „Ich bin Trainerin in der neuen Kletterhalle in Eschingen. Machen Sie so etwas?"

„Selbstverständlich machen wir das, gerne sogar. Ich kenne die Kletterhalle vom Hörensagen. Eine Bekannte von mir geht da immer hin." Pia amüsierte sich im Stillen über die sichtliche Zurückhaltung der Frau. Jede andere hätte sofort nach dem Namen gefragt, doch die Unbekannte zeigte keine Reaktion. „Wir berechnen einen Festpreis für ein zweistündiges Shooting inklusive fünf Bilder. Alle weiteren Bilder rechnen wir je nach Größe separat ab oder wir stellen Ihnen aus einer Auswahl ein Fotoalbum zusammen. Das könnten Sie dann in der Kletterhalle auslegen."

„Ach, das hört sich toll an." Wieder zögerte sie kurz. „Ich überlege es mir."

Tu das! Ich wette, du bestellst es sowieso, frohlockte Pia und verkniff sich ein Lächeln.

„Es wäre nebenbei ein guter Werbeeffekt. Ich zeige Ihnen gerne ein paar Muster." Pia holte aus dem Regal hinter ihr drei Fotobücher heraus und schlug das oberste auf.

Die Frau beugte sich darüber und lachte, als sie die Bilder sah, die Tabea in einem Kindergarten aufgenommen hatte.

„Alle voll in Aktion erwischt", erklärte Pia. „Die Kinder sind immer sehr neugierig und wir binden sie von Anfang an mit ein, dann nehmen sie uns später bei den eigentlichen Aufnahmen nicht mehr wahr."

„Das gefällt mir", meinte die Kundin.

„Setzen Sie sich doch einen Moment und schauen sich alles in Ruhe an", ermunterte sie die Frau und deutete auf die Sitzecke. Diese nickte und Pia wandte ihre Aufmerksamkeit einer anderen Kundin zu, die in diesem Moment das Fotostudio betrat.

„Hallo, Frau Hofheimer. Ihre Bilderrahmen sind tatsächlich gekommen, wir hatten Glück und sie hatten noch welche auf Lager. Eine Sekunde, ich hole alles."

Im Wegdrehen sah Pia, wie die Unbekannte erst die anthrazitfarbene Sofaecke begutachtete, die mit ihren bunten Kissenfarbklecksen ein gemütliches Flair ausstrahlte, sich dann erst setzte und wieder umschaute. *Die schaut ja so, als würde hinter dem Sofa ein Monster hocken,* geisterte es Pia durch ihre Gedanken, dann wischte sie die Gedanken fort und öffnete den Karton mit den Bilderrahmen.

Als Frau Hofheimer später zufrieden davonzog, wandte Pia ihre Aufmerksamkeit wieder der Fremden zu, die immer noch in einem der Fotoalben blätterte. Sie konnte sich offenbar dem Charme der Bilder kaum entziehen, denn ein Lächeln umspielte ihre Lippen. Dann schloss sie das letzte Album und kam mit den Alben zu Pia zurück.

„Und? Was meinen Sie?", fragte Pia und lächelte.

„Wir machen beides."

Yes, ich wusste es! Pia lächelte jetzt breit. „Wann wäre der Workshop?"

„Der läuft in den ersten zwei Sommerferienwochen." Die Kundin nickte und lächelte. Dann deutete sie auf das größte Album, das Pia ihr zur Ansicht gegeben hatte. „Wie lange brauchen Sie denn anschließend für so ein Fotoalbum? Wir haben demnächst unser einjähriges Jubiläum. Es wäre toll, wenn wir es dann schon hätten."

„Wann wäre das genau?" Pia holte den Kalender aus dem Schubfach vor.

„Am ersten September", meinte die Frau.

„Au backe, das wird knapp." Pia blätterte durch den Kalender. „Also, ich muss sowieso passen." Sie deutete auf ihren Babybauch und erntete ein Lächeln. „Wir sind ziemlich ausgebucht, aber ich denke, meine Partnerin wird Ihr Projekt einschieben können. Wir vereinbaren jetzt einfach mal zwei Termine. Ich spreche mit Tabea. Sie soll sich direkt mit Ihnen in Verbindung setzen."

Die Fremde nickte wieder und sah sich das letzte Album noch einmal an. Pia blätterte durch Tabeas Terminkalender, in dem die nächsten Wochen schon vorsorglich für den Auftrag von Schloss Dischenberg blockiert waren.

„Bei ihr ginge es frühestens am einunddreißigsten Juli, vierzehn Uhr." Pia blätterte weiter. „Oder in der Woche drauf, am neunten August um fünf ..."

„Könnten wir vielleicht beide Termine haben, einen in der Halle, den anderen am Felsen?", fragte die Frau interessiert nach.

Zwei Shootings, damit hunderte von Bildern, das würde höllisch knapp werden, aber ein Superauftrag, jubelte Pia stumm. „Das würde gehen. Wo wären dann die Felsenaufnahmen?"

„In den Felsengärten in Hessigheim."

Ja, klar – wir können ja auch gleich an den Dachstein fahren.

„Sehr gern! Der Dachstein steht auch noch auf meiner Liste."

Erst als die Fremde ihr diese Antwort gab, bemerkte Pia, dass sie ihre Überlegungen laut ausgesprochen hatte.

„Oh, mein Gott, das ist irgendwie heute nicht mein Tag", murmelte Pia, dann entschuldigte sie sich.

„Schon vergessen, solange Sie es machen", grinste die Fremde und das Eis war gebrochen.

„Nia Klieber", stellte sie sich vor und reichte Pia die Hand. „Sie kennen sich am Dachstein aus?"

„Pia Röcker, Trampel vom Dienst", erwiderte Pia und schüttelte die Hand.

„Mir sind ehrliche Menschen lieber als solche, die mir ständig Wohlwollen vorgaukeln."

„Sorry nochmals und ja, ich kenne den Dachstein sehr gut. Allerdings klettere ich nicht, aber meine Eltern haben eine Ferienwohnung ganz in der Nähe und wir sind quasi dort aufgewachsen."

„Haben Sie ein Glück." Nia grinste. „Wenn ich diese Gelegenheit hätte, dann wäre ich jede Woche dort."

„Meine Eltern vermieten die Wohnung, wenn sie nicht selbst dort sind. Wenn Sie Interesse haben, melden Sie sich bei mir."

Nia staunte. „Sie kennen mich doch gar nicht."

„Sie sehen aber nicht gerade aus, als hätten Sie Vandalismus zu Ihrem zweiten Hobby ernannt."

Jetzt lachte Nia laut, „Nein, ich kann Sie beruhigen. Ich bin eher von der Sorte, die Verbrecher stellt. Ich bin bei der Kripo."

Aha, daher der wachsame Blick. Mein erster Eindruck täuscht mich selten, stellte Pia befriedigt fest. „Das Angebot steht wirklich."

„Da kann ich eigentlich fast nicht widerstehen und würde am liebsten gleich Urlaub planen. Aber eigentlich bin ich ja wegen der Bilder da. Ich nehme an, Sie berechnen dann noch Fahrtkosten?"

„Das tun wir in der Tat", Pia zuckte fast schon entschuldigend mit den Schultern.

„Passt schon. Wir fahren mit einem Bus, Ihre Partnerin könnte auch gerne mitfahren."

„Wissen Sie was, ich blockiere jetzt mal die Termine und wie gesagt, ruft Sie Tabea nochmals an, um alle Details zu besprechen. Hier ist noch unsere Karte, falls Sie Rückfragen haben. Auftraggeber wäre aber die Kletterhalle, habe ich das richtig verstanden?"

„Ja." Nia nannte Firmennamen und Anschrift.

„Gut, Tabea wird sich heute noch melden. Jetzt bräuchte ich nur noch eine Telefonnummer." Pia lächelte Nia an, dann rutschte ihr heraus, was ihr vom ersten Moment auf der Zunge lag. „Ich würde Sie gerne mal porträtieren. Sie haben ein faszinierendes Profil."

Nia errötete unter der dunklen Haut, sah Pia nachdenklich an, dann meinte sie zögernd: „Dankeschön! Ich komme vielleicht auf Ihr Angebot zurück."

Als sich Nia Klieber mit einem festen Händedruck verabschiedete und an der Tür stoppte, um einen Blick zurückzuwerfen, fragte sich Pia, ob sie das wohl wirklich machen würde.

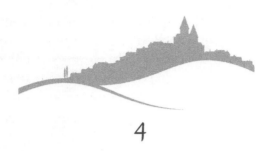

4

Der Tag war lang und anstrengend gewesen. Gestern hatte sie sich erst spät von Pia und Alex losreißen können und dementsprechend wenig geschlafen. Das würde sie heute nachholen, indem sie besonders früh zu Bett ging.

Tabea schloss die Tür ihrer Wohnung hinter sich und stellte ihre Fototasche ab. Dann löste sie den Gummi aus ihrem geflochtenen Zopf und fuhr sich mit den Händen durch die Haare. Sie gähnte laut, auf dem Weg zur Küche warf sie ihre Jacke im Vorbeigehen im Schlafzimmer auf ihr Bett. Lustlos machte sie sich ein Abendbrot zurecht und ließ sich auf ihr Sofa sinken. Sie streckte ihre Beine aus und seufzte zufrieden. Zuerst naschte sie eine Kaper, bevor sie herzhaft in ihr Käsebrötchen biss, während sie ihr Zuhause betrachtete.

Klein, aber fein, freute sie sich immer wieder, wenn sie es sich in ihrer Zwei-Zimmer-Wohnung gemütlich machen konnte. Sie hatte beim Umzug nach Mittsingen ganz bewusst nur wenige Erinnerungsstücke aus der gemeinsamen Wohnung mitgenommen und sich komplett neu eingerichtet. Besonders hatte sie bei der Möblierung des Wohnzimmers gerungen, war sie doch schon beim ersten Gang ins Möbelhaus über wahnsinnig teure, aber wunderschön dunkel-gemaserte Möbel aus indischem Rosenholz gestolpert, für die schließlich sämtliche Ersparnisse draufgegangen waren. Noch einmal stand sie auf, um die Fernbedienung des Fernsehers zu holen, und strich über das Holz, das sich so samtig weich anfühlte. Der Kauf reute sie keine Sekunde. Sie hatte es sogar genossen, nach ihrem Geschmack Möbel und Einrichtungsgegenstände auszuwählen und nicht ständig einen Kompromiss mit Jörn schließen zu müssen, dessen nüchterner Geschmack im krassen Gegensatz zu ihrem gestanden hatte.

In ihrer neuen Wohnung war alles bunt und vieles erinnerte an die indische Heimat ihrer Mutter. Decken, Teppiche, Bilder und blühende Blumen waren geschmackvoll arrangiert und ja, sie fühlte sich hier wirklich wohl. Auch wenn sie viel für sich war. Sie stellte den leeren Teller zur Seite und streckte sich. Die Melodie der Tagesschau erklang und Tabea zappte sofort weiter, als die Nachrichtensprecherin von einer Entführung im Irak berichtete. Schon immer hatte sie ungern Nachrichten aus dieser Region gehört und seit Jörns Tod mied sie grundsätzlich alle Berichte, in denen es um Krieg und Vernichtung ging.

Die nächsten Programme boten nur eine klägliche Auswahl dieser unerträglichen Doku-Soaps, mit denen die Menschen vor den Fernsehschirmen für blöd erklärt wurden, indem ihnen teuer bezahlte Schauspieler vorführten, dass es sich lohnte, wenn man sich wie hirnlose Idioten aufführte. Nichts sprach sie an, also beschloss sie, den Fernseher auszuschalten und sich stattdessen ans Klavier zu setzen.

Seit Tagen versuchte sie sich vergeblich daran, die Musik einer Neuentdeckung aus England nachzuspielen, die überraschenderweise dieses Jahr in den Charts aufgetaucht war. Die Songs dieser bisher unbekannten Künstlerin mit dem unnachahmlichen Symphonic-Metall-Klang, der voluminösen Opernstimme und den melodischen Klavierklängen trafen genau ihren Geschmack. Die Harmonien waren ohne Noten schwer zu treffen, und es war nervig, immer wieder die Musik zurückzuspulen, erneut zu hören, zu probieren und den Akkord nicht zu treffen.

Doch schon immer war Tabea sehr hartnäckig gewesen, hatte sie sich etwas in den Kopf gesetzt, zog sie es durch. Und diese Melodien wollte sie irgendwann spielen!

Eine halbe Stunde später war sie jedoch so frustriert, weil sie immer an derselben Stelle hängenblieb, dass sie das Telefonklingeln als dankbare Ablenkung empfand. Schwungvoll drehte sie sich auf dem Klavierhocker zu ihrem Sofa um und griff nach dem Telefon, das auf der Lehne lag. Ein Blick auf die Nummer genügte, um ein liebevolles Lächeln auf ihre Lippen zu zaubern.

„Hallo, Mama."

„Hallo, mein Schatz. Wie geht es dir?"

„Danke, gut. Was machen die Kleinen?", erkundigte sie sich nach ihren Geschwistern und ihre Mutter ging so in ihrem Lieblingsthema auf, dass Tabea minutenlang nur zuhören durfte und nur ab und zu kleinere Einwürfe von sich geben musste. Schließlich schloss ihre Mutter den ausführlichen Bericht mit einer Überraschung ab: „Schatz, wir haben überlegt, die Herbstferien bei dir zu verbringen, schließlich kennen wir die Gegend überhaupt nicht. Könntest du uns ein Hotel oder eine Ferienwohnung besorgen?"

„Ich kann mich mal umschauen und ich rede mit Pia. Die wird schon wissen, wo ich etwas finden kann."

„So und nun erzähl mir, wie geht es dir wirklich? Du klingst etwas traurig", hakte ihre Mutter nach, die die Gabe hatte, selbst die winzigsten Stimmungsschwankungen durchs Telefon aufzufangen.

„Das bildest du dir ein. Eigentlich geht es mir ganz gut", meinte Tabea zögernd.

„Was heißt *eigentlich?*"

Tabea hätte es besser wissen müssen. Entweder sie überlegte sich jetzt eine brauchbare Ausrede oder sie erzählte ihrer Mutter die Wahrheit, was vermutlich der einfachere Weg war.

„Ich habe einen Mann kennengelernt."

„Das ist doch schön!" Die Begeisterung war ihrer Mutter deutlich anzuhören. „Siehst du, das Leben geht oft seltsame Wege. Ich freue mich, dass du wieder jemanden an deiner Seite hast."

„Ich habe nicht gesagt, dass ich eine Beziehung habe", murmelte Tabea.

„Oh! Ich dachte ..."

„Wir haben ein paar Nächte verbracht, das war's. Bist du jetzt schockiert?" Tabea drehte sich auf ihrem Hocker einmal im Kreis.

„Ha! Von wegen." Ihre Mutter klang amüsiert. „Da musst du schon schwerere Geschütze auffahren."

„Er fehlt mir!", gab Tabea endlich zu. „Aber ich hab ihn schon wochenlang nicht mehr gesehen."

„Oh! Meldet er sich nicht? Warum springst du nicht über deinen Schatten und rufst ihn an?"

„Es bringt nichts. Er ist beruflich noch eine Weile in Dubai." Tabea schwieg für einen kurzen Moment. „Er hat sich außerdem kaum gemeldet. Vielleicht ist es auch gut so, immerhin liegt Jörns Tod noch nicht lange zurück."

„Tabea, Schatz. Du machst aber jetzt nicht den gleichen Fehler wie ich und verweigerst dir die Chance, wieder glücklich zu werden."

„Nun ja, es kommt mir irgendwie schon so vor, als hätte ich Jörn betrogen."

„Jetzt hör mir mal genau zu. Als mein erster Mann und meine Tochter durch diese schreckliche Choleraepidemie nicht zu retten gewesen waren, hatte ich das Gefühl, auch ich wäre gestorben. Ich sah keinen Sinn mehr darin, allein weiterzuleben. Jeevan war der Mann, den ich liebte, nicht einer, den ich heiraten musste. Dafür bin ich meinem Vater heute noch dankbar."

In Malas Worten schwangen die Gefühle von damals deutlich mit und Tabea merkte, dass sie immer wieder gerührt war, wenn ihre Mutter die Geschichte erzählte. Während sie ihrer Mutter zuhörte, ließ sie ihre Finger gedankenverloren über die schwarz-weißen Klaviertasten gleiten und versuchte, die Tränen zurückzuhalten.

„Mein Leben lag in Trümmern, so wie deines letzten Herbst. Aber du hast Mut bewiesen. Mir schien ein Neubeginn sinnlos und ich fühlte mich, als lebte ich nicht mehr in der Zeit. Ich zog mich zurück, ging brav jeden morgen zur Arbeit und abends heim in die Wohnung, in der ich vor lauter Stille fast umkam. Ich ließ die Trauer nicht zu, war wütend und verbittert. Ich vergrub mich emotional an einem dunklen Ort, aus dem es kein Entrinnen gab. Ich fragte mich ununterbrochen, warum mich diese Krankheit verschont hatte. Dieses *Warum* beherrschte mich Tag und Nacht. So ging das über ein Jahr und es hätte auch nicht geendet, hätte dein Vater nicht schon am ersten Tag, als er in Indien eintraf, meine Qualen gespürt. Er hat mich mit viel Geduld und Unterstützung aus diesem Tal geführt."

„Hattest du keine Bedenken, als dir bewusst wurde, dass du Gefühle für Papa hast?", fragte Tabea.

„Oh doch, und wie. Ich sah es als Verrat an Jeevan und Aleika an. Aber durch die Gefühle für ihn wurde ich auch wieder weicher. Und die vielen Gespräche halfen mir, endlich den Schmerz zuzulassen, zu weinen und zu genesen. Tränen haben eine ungeheure Heilkraft, das habe ich dir schon oft gesagt. Weine, Tabea und heile damit deinen Kummer und deine Zweifel."

„Jörns Tod ist so sinnlos. Der Krieg dort unten geht weiter, als sei nichts geschehen."

„Das liegt leider nicht in unserer Macht." Mala schwieg, doch Tabea spürte instinktiv, dass sie noch nicht fertig war: „Tabea, verzeih mir meine Direktheit, aber kann es sein, dass du dich deshalb so schuldig fühlst, weil du im letzten Jahr nicht mehr wirklich glücklich mit Jörn gewesen bist?"

Tabea stockte der Atem.

„Schatz?", hakte ihre Mutter leise nach.

„Ich ... ich habe nicht gewusst, dass du das bemerkt hast."

„Ich bin deine Mutter. Du bist, wie deine Geschwister und dein Vater, für mich das Wertvollste auf der Welt und ich glaube, ich übertreibe nicht, wenn ich sage, ich kenne dich in- und auswendig."

„Es kommt mir ... wie ein Verrat ... vor." Tabea begann jetzt doch zu weinen. „Jörn hat sich so sehr auf die Hochzeit gefreut, während ich stattdessen immer mehr Zweifel bekam. Ich freute mich immer darauf, wenn er von einem Einsatz heimkam, aber das waren keine überschäumenden Gefühle mehr, wie früher. Ich glaube fast, die Jahre der Angst um ihn waren Gift für meine Liebe. Ich hatte bei seinem letzten Heimaturlaub das Gefühl, ich kenne ihn nicht mehr."

„Er war ein Leader, er war verantwortlich für seine Untergebenen, er war durch und durch ein Soldat. Jörn war schon immer sehr introvertiert, doch die Jahre im Krieg haben ihn zusätzlich geprägt und auch verändert, das ist wahr. Er war nicht wirklich bei uns, wenn wir gemeinsam etwas unternommen haben", bestätigte Mala Tabeas Eindruck.

Tabea wischte sich die Tränen mit dem Handrücken ab und stieß zischend die Luft aus. „Warum hast du nie etwas gesagt?"

„Warum hast du nicht um Rat gefragt?", konterte

ihre Mutter. „Eine Mutter macht sich immer und ewig Sorgen um ihre Kinder, doch sie lernt auch, dass man sich irgendwann nicht mehr einmischen sollte."

„Ich frage mich dauernd, ob Jörn wohl etwas geahnt hat." Wieder strömten die Tränen und Tabea fühlte die Leere in sich.

„Das werden wir nie erfahren, aber sei doch einfach dankbar für die schönen Jahre, die du mit ihm erleben durftest. Der Schmerz wird nie ganz vergehen, aber vielleicht kann die Dankbarkeit ihn lindern. Außerdem hast du schon recht, du musst dich nicht sofort in eine neue Bindung stürzen. Hole doch lieber die Erfahrungen nach, die du durch die lange Beziehung mit Jörn versäumt hast."

Tabea hörte ein leises Kichern, als ihr ihre Mutter diesen Ratschlag gab und selbst sie musste nun lächeln.

„Verstehe ich richtig, du gibst mir den Ratschlag, mich nach ein paar One-Night-Stands umzusehen? Mama, das ist nicht dein Ernst!"

„Warum nicht? Heutzutage kann man sich schützen. Versuche, die Männer kennenzulernen, erforsche sie und finde heraus, wie sie ticken – obwohl, das werden wir Frauen wohl nie verstehen. *Sei also mit Vorsicht – waghalsig!*" Mit diesem indischen Sprichwort verlieh ihre Mutter dem Ratschlag Nachdruck.

„Männer ausprobieren!", wiederholte Tabea. „Also wenn ich nicht sicher wäre, dass ich mit meiner Mutter rede, dann würde ich glauben, ich spinne."

„*Nicht zu verzagen ist die Wurzel des Glücks.*" Wieder zitierte ihre Mutter aus ihrem endlosen Fundus an indischen Weisheiten. „Tabea, auch für dich wird irgendwann die Sonne wieder scheinen, sieh es als Chance, mit dir selbst ins Reine zu kommen, mit dir selbst wieder Freundschaft zu schließen. Du bist nicht schlecht, weil du an deiner Beziehung gezweifelt hast. Ich weiß, das klingt alles sehr einfach, aber mir hat im Nachhinein für die Verarbeitung meines Schmerzes auch die Zeit geholfen, in der ich nur mich hatte."

„Danke, Mama."

„Es ist sehr wertvoll, wenn man erkennt, dass man mit sich selbst allein sein kann, ohne einsam zu sein."

„Über diesen klugen Satz muss ich erst mal nachdenken", schmunzelte Tabea. Sie unterhielten sich noch eine Weile und nach einer herzlichen Verabschiedung und dem Versprechen, sich bald zu melden, beendete Tabea das Gespräch und legte das Telefon auf dem Klavier ab.

Wieder strichen ihre Finger wie selbstvergessen über die Tasten. *Dass man mit sich selbst allein sein kann, ohne einsam zu sein.*

Die Worte ihrer Mutter geisterten durch ihre Gedanken, während ihre linke Hand automatisch die verschiedenen Akkorde richtig griff, die sie vorhin schon zigmal vergeblich versucht hatte.

Sie hatte sich selten einsam gefühlt, auch wenn Jörn oft monatelang unterwegs gewesen war. Entweder war sie mit Freunden unterwegs oder bei ihrer Familie gewesen, wo es mit fünf Kindern und den Eltern immer sehr turbulent zugegangen war. Nein – einsam hatte sie sich wirklich nie gefühlt. Jörns erste Auslandseinsätze waren schwer für sie gewesen, dann hatte sich auch da Routine eingespielt, schließlich war sie mit ihm zusammen, seit sie ihn mit sechzehn kennengelernt hatte. Sein Wunsch, zur Bundeswehr zu gehen, war immer präsent gewesen und hatte von Beginn an ihre Beziehung geprägt.

Und auch hier in Mittsingen war sie nicht einsam. Sie hatte die Bekanntschaft zu Pia vertieft und Lexi näher kennengelernt. Und wenn ihr nach Gesellschaft war, dann konnte sie eine der beiden anrufen, sich mit Chloé verabreden oder in die Kneipe gehen, in der sie mit Till ab und zu gewesen war.

Till! Schon wieder sah sie ihn vor sich. Seine dunklen Haare, die er nur mit Gel bändigen konnte. Sein weicher, gepflegter Bart, die Augen, die so ernst und im nächsten Moment so belustigt schauen konnten. Er war rein körperlich das komplette Gegenteil von Jörn, dem man seine Fitness und das ständige Kampftraining schon am Körperbau angesehen hatte.

Und trotzdem hatte Till in ihr eine Leidenschaft geweckt, die ihr bisher unbekannt gewesen war. Sie hatte nicht genug davon bekommen können, von ihm berührt zu werden. Er war so zärtlich gewesen, hatte jeden Zentimeter von ihr erkundet, ohne zu fordern. Hatte ihr Zeit gelassen, sich zu entspannen, sich fallenzulassen in eine Lust, die Jörn nie in ihr hatte wecken können. Vielleicht war der Wunsch, diese Lust noch einmal erleben zu können, der Grund dafür, dass Till ihr so sehr fehlte.

Till hatte mit seiner Zärtlichkeit ihr Herz berührt, und hätte er nicht beruflich für Monate verreisen müssen, dann hätte er es vermutlich sogar ganz erobern können. Sie drückte auf die Fernbedienung und startete die CD erneut. Automatisch hob sie gleich darauf beide Hände und begann zu spielen.

Welch warmer Klang, welch feine Harmonien, die von den Akkorden der linken Hand nur sanft untermalt wurden. Wie melancholisch klang die Melodie, als ob die Künstlerin, die diese Klänge erschaffen hatte, verzweifelt ... einsam ... ja nur sich selbst überlassen war. Die wunderbare Stimme der Sängerin setzte erst spät in die Melodie ein und unterstrich die Wirkung mit grandiosem Timbre. Xseera hatte einen Tonumfang, den Tabea bisher noch nie bei einer Sängerin wahrgenommen hatte, und die Sängerin nutzte diesen Raum in jeder ihrer wunderschönen Melodie auch aus. Ihr Klang war schon jetzt, am Anfang ihrer Karriere, so unvergleichlich, so unnachahmlich.

> Hopeless Summer,
> so bright and warm and beaming,
> but grey and cold is the
> melody of my heart.
> Why nobody believes in that
> what I believe in.
> Why nobody listen to the melody
> of my heart, believes in my dreams.

Tabea merkte gar nicht, dass sie plötzlich alle Akkorde traf. Sie konzentrierte sich ganz darauf, die Worte, die Stimmung einzufangen, aufzunehmen und auf ihre eigene Musik zu übertragen. Sie bemerkte auch nicht, dass sie zu weinen begann, als die Sängerin von der Hoffnungslosigkeit ihrer Träume und ihrer Wünsche sang. Es war, als würde eine Schleuse durch diese schwermütige Melodie in ihr geöffnet. Sie spielte und spielte ...

Irgendwann ließ Tabea erschöpft ihre Finger auf den Klaviertasten ruhen und senkte den Kopf. Ihre Schultern bebten, die Tränen strömten und benetzten ihre Hände und die Tasten und versiegten erst nach endlosen Minuten.

Kraftlos und mit wackeligen Beinen stand sie auf, schleppte sich zum Sofa, zog ein Taschentuch aus einer Packung und ließ sich in die Kissen fallen.

Nach einer guten halbe Stunde rappelte sich Tabea auf. Sie schnäuzte sich und wischte sich die Tränen vom Gesicht. Die CD war längst zu Ende und man hörte nur ihr Schniefen. Nachdem sie sich einigermaßen beruhigt hatte, schlurfte sie ins Bad, um sich ihr verweintes Gesicht abzukühlen.

Sie starrte die Fremde im Spiegel an, rote, verquollene Augen, bleiche Wangen und völlig verstrubbelte Haare.

„Oh, mein Gott", murmelte sie und rieb sich die nassen Wangen, dann trocknete sie sich ab. Langsam ging sie ins Wohnzimmer zurück und überlegte. Sie war sich bewusst, dass sie heute Abend, ganz allein und völlig überraschend, mit der Trauerbewältigung begonnen hatte, zu der sie sich in den Gruppensitzungen für trauernde Hinterbliebene, die sie regelmäßig besuchte, bisher nicht hatte öffnen können.

Die Gespräche mit Pfarrer Sven Eberling, der auch als Notfallseelsorger arbeitete und nebenbei noch mehrere Selbsthilfegruppen leitete, hatten ihr sehr geholfen, mit der Leere und dem Entsetzen besser zurechtzukommen. Doch heilende Verarbeitung hatte sie bis heute nicht zugelassen. Wie unter Zwang ging Tabea zum Klavier, wo die Fernsteuerung für ihren CD-Player noch lag und startete erneut die Melodie, die sie – da war sie sich in diesem Moment sicher – komplett nachspielen konnte.

Wieder begann es mit diesen wunderbaren Klängen, erst in Moll, dann in Dur, dann wieder Moll und erzählte von Gefühlen, Begegnungen und Schicksalsschlägen, der Trauer und brachte damit genau die eine Saite in Tabea zum Erklingen, die all die Monate seit Jörns Tod, stumm geblieben war.

Was sie im Grunde ihres Herzens immer befürchtet hatte, war eingetreten und sie war in dem Moment erstarrt, in dem sie Jörns Vorgesetzten die Tür geöffnet hatte. Sie hatte in den ersten Wochen nicht einmal weinen können. Sie empfand weder Schmerz noch Trauer, in ihrem Inneren herrschte nur furchtbare Leere. Sie ignorierte die fürchterliche Tatsache und fragte sich selbst auf der Beerdigung noch, was sie hier eigentlich machte.

Gepeinigt von Schlaflosigkeit und dem Vergraben in Arbeit, war sie Wochen später kurz davor gewesen, in eine schwere Depression zu versinken. Dann hatte ihre Mutter aus heiterem Himmel den Vorschlag gemacht, ein paar Tage nach Süddeutschland zu reisen, wo Pia Röcker lebte, mir der sie ihre Ausbildung gemacht hatte. Und nun war sie sogar deren Partnerin im Fotostudio geworden.

Der Vorschlag ihrer Mutter war die Rettung gewesen, hier hatte sie neu anfangen können, hier hatten die Erinnerungen an die Zeit mit Jörn nicht an jeder Ecke gewartet und sie überfallen, wenn sie nicht damit rechnete.

Hier hatte sie es geschafft, sich auch auf einen neuen Mann einzulassen, auch wenn sie nicht wusste, wie und ob es weiterging und ob sie wirklich für einen Neuanfang bereit war.

Die letzten Töne der Melodie schwebten im Raum, verstummten und zurück blieben eine friedliche Stille und Tabea, die das Gefühl hatte, nicht allein zu sein ...

5

Till schleppte sich in sein Hotelzimmer im sechsten Stock des Four Seasons mitten in Damaskus, nachdem er die Kamera und alle anderen Ausrüstungsgegenstände im Hänger des Übertragungswagens verstaut hatte. Er warf die kugelsichere Weste aufs Bett, knöpfte das Hemd auf und bückte sich, um seine staubigen Stiefel aufzuschnüren.
Er hatte die Schnauze voll! Nachdem der syrische Verteidigungsminister und sein Stellvertreter bei einem Anschlag getötet worden waren, hatten sie ununterbrochen gedreht. Im Norden von Syrien war es daraufhin erneut zu schweren Kämpfen zwischen der Regierung und der Freien Syrischen Armee gekommen. Sie hatten jedoch damit zu tun gehabt, über die unübersichtliche Lage in Damaskus zu berichten.

Nachdem er die Stiefel von seinen Füßen geschleudert hatte, lief er auf Socken ins Bad, um seine staubige Kleidung dort direkt in den Wäschesack zu befördern. Wenigstens etwas Luxus war ihnen bei ihrer Aufgabe vergönnt. Als er gleich darauf unter der Dusche stand, ließ er erst einmal minutenlang das wärmende Wasser über seinen Körper fließen. Denn ihm war kalt – eiskalt und das trotz der fast 40 °C, die hier bereits am frühen Morgen herrschten. Zu viel nackte Angst in den Augen der Zivilbevölkerung hatte er in den letzten achtundvierzig Stunden filmen und ansehen müssen. Und durch sein Zoomobjektiv war er am Schmerz anderer immer näher dran, als sein Reporter oder die Menschen zu Hause an den Bildschirmen.

Sein Enthusiasmus gegenüber seiner bisher so geliebten Arbeit war in dem Maße geschwunden, in dem ihm mehr und mehr bewusst wurde, dass er sich in Tabea verliebt hatte und sie von Woche zu Woche seiner Abwesenheit mehr vermisste. Von morgens bis abends beherrschte sie seine Gedanken. Und wenn nicht ihr Bild vor seinen Augen erschien, grübelte er darüber nach, wie er Tabea am geschicktesten erklären konnte, was sein Job war und wo er sich die letzten Monate in Wirklichkeit aufgehalten hatte und warum er ihr verschwiegen hatte, dass er als Kameramann in den letzten Jahren mit einem Korrespondenten-Team unterwegs gewesen war, das immer an die neuesten Brennpunkte geschickt wurde.

Gedankenverloren griff er nach dem Duschbad und begann die Staubschicht und den Schweiß abzuwaschen. Die Menschen in Syriens Hauptstadt hatten Angst. Immer mehr Gerüchte kursierten, die von Folterungen, Verbrennungen und sexuellen Übergriffen berichteten. Das Leid der unschuldigen Menschen zu filmen, es jeden Tag vor Augen zu haben, zermürbte ihn mehr und mehr.

Till blieb noch kurze Zeit unter dem Duschstrahl

stehen, dann stieg er aus der Dusche heraus, trocknete sich flüchtig ab und marschierte nackt ins Schlafzimmer zurück, wo er sich frische Shorts und ein T-Shirt anzog und sich mitsamt seinem Laptop auf dem Bett niederließ.

Während er darauf wartete, dass das Notebook hochfuhr, bestellte er sich telefonisch eine Pizza, die das Four Seasons zu seiner Erleichterung auf der Speisekarte hatte, aufs Zimmer. Keine zehn Pferde würden ihn heute noch dazu bringen, sich seinen Kollegen anzuschließen, die sich unten an der Bar treffen wollten.

Er öffnete sein Mailprogramm und langsam trudelten die Nachrichten ein, die sich in den letzten Tagen angesammelt hatten. Sofort fand er eine Antwort von Tabea und öffnete sie.

> Klar mach ich das. Weißt du schon, wann ihr zurückkommt? Und glaub bloß nicht, dass du je eine Chance beim Billard gegen mich hast. Viele Grüße, Tabea.

Wieder nichts Persönliches. Na, immerhin fragte sie, wann er endlich heimkäme. Schnell drückte er auf *Antworten* und tippte drauf los: „Ein blindes Huhn findet auch mal ein Korn und ich habe hier in Dubai jeden Abend geübt ..."
Er stoppte mit dem Tippen und rieb sich über seinen stoppeligen Bart. Erst jetzt fiel ihm auf, dass er das Rasieren vergessen hatte.
„Ich habe hier in Dubai jeden Abend geübt", hatte

er geschrieben. Aber wollte er Tabea wirklich ein weiteres Mal belügen? Schnell löschte er den halben Satz und formulierte ihn um: „Ein blindes Huhn findet auch mal ein Korn und wenn wir weiterhin gemeinsam so fleißig Billard spielen, schlage ich dich bestimmt auch irgendwann."

Genau, das hörte sich deutlich besser an und außerdem war es immerhin schon eine kleine Andeutung, dass er sie weiterhin gerne treffen würde. „Ich melde mich, sobald ich weiß, wann unser Rückflug in Stuttgart ankommt. Ich vermisse dich. Danke und bis bald, Till", setzte er dahinter und drückte schnell auf *Senden*, bevor er es sich anders überlegen konnte.

Dann arbeitete er eine Mail nach der anderen ab, schrieb Antworten, checkte und bestätigte Termine und entdeckte dann erst Pias Mail. Schnell öffnete er sie, las sie und sog zischend die Luft ein.

„Schei-ße", murmelte er und rieb sich über die müden Augen. Ein Klopfen unterbrach seine Überlegungen. Er ging zur Tür, unterschrieb die Quittung und nahm die Pizza in Empfang, dann warf er den Karton achtlos auf das Bett und starrte erneut auf die Nachricht von Pia.

> Was bist du eigentlich für ein Arsch?!
> Erst verführst du meine Freundin und dann meldest du dich kaum noch und wenn, dann nur mit dämlichen Reiseberichten aus Dubai.
> Wo bist du wirklich?
> Ich hätte eigentlich gedacht, dass ich dich

kenne, Till Winter, aber das scheint ein Trugschluss gewesen zu sein.

Dass du Tabea so schamlos belügst, entschuldige ich ja noch mit Rücksicht, die du Tabea gegenüber aufbringst. Ich dachte wirklich, sie sei dir wichtig.

Inzwischen musste jedoch auch ich einsehen, dass sie nur ein weiteres deiner zahlreichen Abenteuer war.

Nun ja, wenigstens hast du Tabea nicht das Herz gebrochen und es gibt noch andere, sehr attraktive Männer in Mittsingen und Umgebung ...

Dennoch rate ich dir, mich erst mal zu meiden, wenn du zurück bist.

ICH HABE JEDENFALLS EINEN ZIEMLICHEN HALS!

Pia

Till schloss die Augen und verdaute das Gelesene. Pias Worte trafen wie Pfeilspitzen mitten in die klaffende Wunde aus schlechtem Gewissen und Sehnsucht. *Zahlreiche Abenteuer!* Hatte Pia eine Meise?

Er hatte in den letzten Jahren zwei relativ kurze Beziehungen gehabt, ansonsten hatte er eher wie ein Mönch gelebt, was er aber nicht an die große Glocke gehängt hatte.

Mit Pia hatte er recht schnell Freundschaft geschlossen und da sie fast denselben Beruf hatten, waren ihnen der Gesprächsstoff nie ausgegangen, wenn er auf eine Stippvisite im Fotostudio vorbeigekommen war. Und mit Tabea war es ihm ähnlich ergangen, nur dass von seiner Seite aus tiefere Gefühle involviert waren.

Andere attraktive Männer! Was wollte ihm Pia damit sagen? Neugierig fragen schied eindeutig aus, also musste er warten, bis er Mitte August nach Hause kommen würde.

Der Appetit war ihm jetzt aber vergangen. Was, wenn Tabea tatsächlich keinen Gedanken an ihn verschwendete?

„Mist, Mist, Mist." Er schloss Pias Mail und entschied, erst einmal nicht zu antworten, dann klappte er das Notebook zu und ging ans Fenster, wo er durch die getönten Scheiben auf die Vororte der Stadt starrte, die sich am Fuße des Qasyun entlang schlängelten.

Er war mehrfach in Syrien gewesen. Vor allem das historische Aleppo hatte es ihm seit seinem ersten Aufenthalt vor vier Jahren angetan. Es gab außerdem so viele Kulturgüter hier, wie die Altstadt von Damaskus und Bosra, antike Dörfer in Nordsyrien, das Schloss *Crac des Chevaliers* aus der Zeit der Kreuzzüge, die Festung Qal'at Salah El-Din sowie die Ruinen in der Oase Palmyra, die nun, wie vieles andere, in Gefahr waren.

Immer wieder war er von der Schönheit des Landes überwältigt und würde nicht Bürgerkrieg wüten, könnte Damaskus ein blühendes Reiseziel sein.

Tabea quälte sich an diesem Morgen beim Klingeln des Weckers mit Kopfschmerzen und dem Gefühl, nicht eine einzige Minute geschlafen zu haben, aus dem Bett.

Sie fühlte sich kraftlos und leer, das stundenlange Weinen hatte sie ausgelaugt und ihre Beine fühlten sich wie aus Gummi an. Erst, als unter der Dusche das heiße Wasser langsam jede Pore ihres Körpers erwärmte, merkte sie, wie sich ihre Lebensgeister zaghaft bemerkbar machten.

Als sie sich wenig später einen Kaffee zubereitete, verspürte sie sogar leichte Hungergefühle. Sie schüttete ein paar Cornflakes in eine Schüssel und goss Milch darüber, dann setzte sie sich an den Küchentisch. Sie löffelte langsam die Cornflakes, da fiel ihr Blick auf den Kalender, der an der gegenüberliegende Wand hing. Das abgebildete Schneckenhaus war gestochen scharf auf dem abgeblendeten Hintergrund zu erkennen. Jede Windung, jede Naht, jede Furche war klar auszumachen. Direkt daneben ein Spruch, dessen Worte sie auswendig aufsagen konnte: *„Lass Vergangenes nicht dein Leben diktieren, doch nutze es als ..."*, sie stockte und schluckte, *„... Ratgeber für ... deine Zukunft."*

Sie starrte den Spruch an, als nähme sie ihn zum ersten Mal richtig wahr. Dabei hatte sie den Kalender selbst kreiert. Die Bilder aus ihrem reichhaltigen Fundus herausgesucht und mit passenden Weisheiten zusammengefügt.

> Lass Vergangenes nicht dein Leben diktieren, doch nutze es als Ratgeber für deine Zukunft.

Sie wusste nicht, wie lange sie auf das Bild gestarrt hatte, aber irgendwann riss sie sich vom Anblick wieder los. Hatte nicht ihre Mutter ihr erst gestern Abend fast sinngemäß denselben Rat gegeben?

Und irgendwann heute Nacht war sie zur Erkenntnis gelangt, dass sie mit Jörn noch vor der Hochzeit über ihre zwiespältigen Gefühle gesprochen hätte, wäre nicht das Unglück geschehen. Irgendwann musste Schluss sein mit dem *Wenn und Aber* und *Hätte ich doch nur*. Irgendwann musste das Leben weitergehen, auch wenn sie diesen Spruch nicht mehr hören konnte, so viel Weisheit er auch barg.

Jörn kam nie mehr zu ihr zurück, das war der harte, nüchterne Fakt. Sie konnte also ihren Fehler nicht mehr korrigieren. Was war daraus zu lernen? Sie zumindest lernte, dass sie in Zukunft in einer Beziehung offener über ihre Gefühle und Ängste sprechen würde.

Und dass sie definitiv nie mehr eine Beziehung eingehen würde, in der ihr Partner sich ständig in Gefahr begab. Ja, diese Erkenntnis trug sie schon lang in sich. Es zuzugeben und auszusprechen war eine andere Herausforderung, schließlich konnte man seinem Herzen nicht befehlen, in wen man sich verliebte. Trotzdem musste sie versuchen, mit der Vergangenheit abzuschließen, ihre Lehren daraus zu ziehen und sich Neuem wieder zu öffnen.

In den letzten Wochen hatte sie sogar mehr und mehr bemerkt, dass die Normalität langsam wieder in ihr Leben eingezogen war. Sie war nicht mehr ständig mit dem Gedanken an Jörn und in der Vorstellung mit dem Bild eines zerstörten Körpers aufgewacht.

Offenbar hatte das Schicksal sie aus einem besonderen Grund ausgewählt, ihr – wie auch ihrer Mutter – einen solchen Schlag zuteilwerden zu lassen. Den tieferen Sinn dahinter zu suchen, war vergebene Mühe, aber vielleicht würde sie eines Tages begreifen, warum ausgerechnet für sie diese Lebensmelodie gespielt wurde.

Melodie – der Gedanke, dass sie es gestern tatsächlich geschafft hatte, die Melodie von Xseera nahezu fehlerfrei nachzuspielen, erfüllte sie mit Stolz.

Und diesen Stolz sollte sie sich bewahren, um an diesem Tag und in den nächsten Wochen zuversichtlicher in die Zukunft zu blicken und vielleicht – wie von ihrer Mutter ebenfalls vorgeschlagen – nicht schon wieder irgendwelche Herzensbindungen zu knüpfen. Sie sollte das Leben – wenigstens einige Zeit – einfach leichter leben.

> Liebe das Leben, das du lebst.
> Lebe das Leben, das du liebst.

Das war ein Spruch von Bob Marley, der ebenfalls auf dem Kalender Verwendung gefunden hatte und der ihr im Gedächtnis geblieben war. Sie würde jetzt versuchen, das Leben zu leben, das sie liebte, alles weitere würde sich zeigen.

Es lag noch viel Aufarbeitungsbedarf vor ihr, aber ein Anfang war gemacht.

Das in ihr aufkeimende Gefühl, Frieden mit sich selbst geschlossen zu haben, zauberte ein Lächeln in ihr Gesicht. Mit neuem Schwung nahm sie die Schüssel, trank den letzten Rest Milch aus und räumte alles in ihre Spülmaschine. Ein letzter Gang führte sie ins Wohnzimmer, wo sie die CD aus ihrem CD-Player nahm, damit sie diese später auf die Musiksammlung im Fotostudio überspielen konnte.

Hopeless Summer, nicht für sie! Tabea straffte die Schultern, nahm ihren Schlüssel und ihre Fototasche und verließ ihre Wohnung, um zu dem Termin zu fahren, vor dem ihr schon seit Tagen graute.

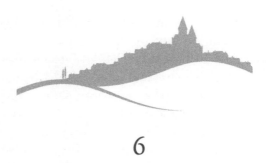

6

Sven Eberling fand das Vorzimmer seiner Mutter verwaist vor und hoffte, dass ihm heute das Schicksal gnädig war und er nur seine Mutter in ihrem Büro vorfinden würde. Hier im Vorzimmer herrschte normalerweise seine Schwiegermutter, mit der er seit der Trennung von Daniela auf Kriegsfuß stand. Er klopfte und betrat es, ohne auf eine Antwort zu warten.

Mist, fluchte er lautlos, sobald er erkannte, dass seine Mutter keinesfalls allein war. Ihr gegenüber saß Friederike Hollbach, die ihn kühl musterte und sich zu einem neutralen „Guten Morgen, Sven" aufraffen konnte, bevor sich ihre Miene wieder verschloss. Nun ja, diese Reaktion war zumindest keine Überraschung.

Seine Mutter dagegen strahlte ihn voller Freude an und umrundete den großen Schreibtisch, der im Gegensatz zu vielen Möbeln im Schloss Dischenberg nicht aus alten Beständen stammte, sondern deutlich zeigte, dass seine Mutter eine Schlossherrin war, die mit der Zeit ging. Sie drückte ihn an sich, dann schob sie ihn auf Armeslänge von sich und musterte ihn, als hätte sie ihn Jahre und nicht erst zwei Tage lang nicht gesehen.

„Na, hat sich Vanessa wieder beruhigt?", fragte sie und Sven schluckte. Seine pubertierende Tochter brachte momentan nicht nur sein Leben, sondern auch das der Großeltern gründlich durcheinander.

„Sie hat es zähneknirschend akzeptiert, dass ich sie mit Sicherheit nicht allein auf ein Konzert in die Schleyerhalle lasse. Auch nicht, wenn laut meiner Tochter *alle anderen das dürfen*", murmelte er und riskierte einen Blick zur Seite, wo Friederike Hollbach ihren Mund zu einem Grinsen verzog. Als sie seinen Blick bemerkte, bedachte sie ihn jedoch erneut mit einem frostigen Blick.

„Auch wenn du es nicht glauben willst, ich habe versucht, meine Ehe zu retten. Wie oft soll ich das noch wiederholen?", fragte er und die Resignation über die permanente Ablehnung seiner Schwiegermutter war deutlich herauszuhören.

„Vielleicht hättet ihr nicht gleich die Scheidung einreichen ..."

„Noch sind sie ja nicht geschieden, warum auch immer das so lange dauert. Aber bitte, wir wärmen diese fruchtlose Diskussion nicht schon wieder auf!", fiel seine Mutter Friederike Hollbach ins Wort. „Was geschehen ist, ist geschehen und mit Verlaub, Friederike, es geht uns auch nichts an. Daniela und Sven sind alt genug. Wenn Daniela beschlossen hat, in Cardiff zu leben und zu unterrichten, dann müssen wir das akzeptieren. Sie weiß, dass sie hier auf Schloss Dischenberg jederzeit willkommen ist. Wenn sie aber nach der Trennung Zeit braucht, dann sollten wir ihr diese auch zugestehen."

„Er hätte ihr wenigstens Vanessa lassen können."

Sven war kurz davor zu explodieren. Er machte den Mund auf, um seine Schwiegermutter harsch darauf hinzuweisen, dass er anwesend war. Nur der bittende Blick seiner Mutter ließ ihn schweigen. Seine Mutter stellte sich neben Friederike und legte eine Hand auf deren Schulter.

„Vanessa hat sich nun mal dafür entschieden, bei ihrem Vater zu leben und wir sollten froh sein, dass wir wenigstens unsere Enkelin bei uns haben und ihre Launen ertragen dürfen." Seine Mutter schmunzelte. „Ich jedenfalls bin sehr froh darüber, sie hier aufwachsen zu sehen. Ich weiß, dass es furchtbar schmerzt, dass sich Daniela so selten meldet, aber solange sie selbst nicht findet, was sie sucht, wird sie nicht zur Ruhe kommen."

Friederike hob ihre rechte Hand und bedeckte damit Theresas Hand, die immer noch auf ihrer Schulter lag.

„Das weiß ich ja. Entschuldige, Sven."

„Wenn ich nur eine klitzekleine Chance für unsere Ehe gesehen hätte, dann hätte ich sie ergriffen", war alles, was er darauf sagte.

„Schließt endlich Frieden. Ihr tragt denselben Schmerz in euch." Seine Mutter schüttelte den Kopf und sah erst ihn, dann ihre beste Freundin strafend an. „Ihr sollt Vanessa zuliebe den Kampf endlich aufgeben. Vielleicht hilft es, wenn ihr gemeinsam an diesem Projekt arbeitet. Claus und ich haben genug mit dem Weingut zu tun. Sven, wir haben dich dazu gebeten, da du erwähnt hattest, du würdest dich und deine Kirchengemeinde gerne einbringen."

Sven nickte und seine Mutter sprach weiter.

„Wie ihr ja schon wisst, steht nächstes Jahr das Jubiläum der Stadt Eschingen zur ersten urkundlichen Erwähnung vor achthundert Jahren an. Dein Vater und ich haben der Stadt Unterstützung angeboten. Das Haus Dischenberg würde auch den Schlosshof für die Feierlichkeiten zur Verfügung stellen – ich denke da an einen mittelalterlichen Markt. Außerdem hatte Friederike die Idee, ein Benefizkonzert zu veranstalten, das wir organisieren würden. Wärst du bereit, den mittelalterlichen Markt vorzubereiten und Friederike zur Hand zu gehen?"

Seine Mutter kehrte hinter ihren Schreibtisch zurück, blieb wie er aber stehen.

Seine Mutter war eine wunderbare Frau. Vanessa konnte jederzeit aufs Schloss kommen, wenn er terminlich verhindert war. Und auch seine Schwiegereltern halfen wo sie konnten, das wusste er zu schätzen, auch wenn das Verhältnis zu Friederike getrübt war. „Das müsste zu stemmen sein. Steht der Termin für die offiziellen Feierlichkeiten schon fest?"

„Ja, Sommer nächstes Jahr. Wir haben die Woche vor den Sommerferien genannt bekommen. Das wäre von Montag bis Sonntag, zweiundzwanzigster bis achtundzwanzigster Juli. Das Benefizkonzert könnte als Abschluss und Höhepunkt am Samstag stattfinden."

„Dann sollten wir schnellstmöglich in die Planungen einsteigen." Sven wartete vergeblich auf eine Reaktion seiner Schwiegermutter.

Seine Mutter wohl ebenfalls, da sie leise aufseufzte

und dann doch wieder das Wort ergriff: „Ihr habt freie Hand und wir vertrauen darauf, dass ihr das gemeinsam ohne Ressentiments hinbekommt. Sonst wäre das eine große Enttäuschung für mich."

Wenn sie wollte, konnte seine Mutter ganz schön die Freifrau Theresa von Rittenstein-Dischenberg heraushängen. Seine Schwiegermutter sah das wohl ähnlich. Friederike rümpfte mürrisch die Nase und verkniff sich erneut eine Erwiderung. Sven ahnte, es würde alles andere als einfach werden, die Aufgabe gemeinsam mit Friederike zu stemmen.

„An mir soll es nicht liegen", erklärte dann Friederike überraschenderweise und deutete auf den Stuhl neben sich. „Setz dich doch endlich."

Das tat er. Svens Mutter murmelte etwas Unverständliches, verharrte noch kurz, dann nahm auch sie ihren Platz wieder ein.

„Also fangen wir an. Friederike, würdest du freundlicherweise Sven in deine Idee einweihen?"

„Ja, also ..." Friederike übergab Sven mehrere Kopien. „Ich habe vorgestern mit deiner Schwester telefoniert. Ich hatte die Idee sie zu fragen, ob wir nicht einen der Künstler, die sie unter Vertrag hat, für das Benefizkonzert gewinnen könnten. Eventuell könnte das Konzert im Eschinger Stadion stattfinden, die Stadt klärt das noch. Mit dem Bürgermeister habe ich heute Morgen telefoniert, er wollte dem Amt für öffentliche Ordnung etwas Dampf machen. Wie wir aus leidvoller Erfahrung ja wissen, sind die Damen und Herren dort nicht die Schnellsten und bereiten uns auch immer unangenehme Überraschungen."

Sven grinste und dachte an seine letzte leidvolle Begegnung mit einer Stadtbeamtin, als er eine Genehmigung für eine Veranstaltung hatte beantragen wollen. Da war er mit Auflagen konfrontiert worden, dass er von der Veranstaltung, die für einen guten Zwecke gewesen wäre, abgesehen hatte.

Aber für diese Sache würde er kämpfen. Das war eine tolle Idee. Seine Schwester war bei einer der größten Künstleragenturen Deutschlands beschäftigt und hatte viele internationale Künstler unter Vertrag. „Das ist genial, Friederike."

Er lächelte seine Schwiegermutter überrascht an.

Die erwiderte sogar das Lächeln. „Das Beste kommt noch."

„Du machst mich neugierig."

„Sagt dir der Name Xseera was?", fragte Friederike.

„Das ist die Sängerin, zu deren Konzert Vanessa allein gehen wollte. Irgendwann Anfang Oktober ist sie in Stuttgart. Warum?"

„Lisa hat mir spontan in Aussicht gestellt, dass diese Xseera unter den Kandidaten wäre, die sie vielleicht für einen Auftritt gewinnen könnte. Auf Seite drei habe ich die Mail von Lisa reinkopiert, da sind alle Namen aufgelistet."

Sven überflog die Namen, einige sagten ihm etwas, andere nicht, der letzte Namen Xseera war fettgedruckt und hatte drei Fragezeichen dahinterstehen. „Aber selbst Lisa scheint eine Teilnahme von Xseera kritisch zu sehen. Wir sind ja nicht gerade Stuttgart oder

München. Ich kann mir nicht vorstellen, dass Lisa das schafft und dann auch noch ohne Gage. Benefizkonzert würde ja hoffentlich auch bedeuten, dass die Künstler auf eine Gage verzichten und die Eintrittsgelder abzüglich der Kosten dann gespendet werden? Oder verstehe ich da was falsch?"

„Nein, so ist es mit dem Bürgermeister abgesprochen und auch Lisa habe ich das genau so vorgeschlagen."

„Okay, sie wird schon wissen, wen sie dafür begeistern kann. Weiß man, wie viele Zuschauer das Stadion fassen könnte? Höchstens fünftausend, denke ich."

„Knapp daneben", erwiderte Friederike mit einem Lächeln. „Ich habe auch gestaunt, aber es würden wohl achttausend reinpassen. Wir wollen hoffen, dass wir dafür dann auch eine Genehmigung bekommen. Wenn Lisa diese Xseera gewinnen könnte, wäre das Konzert sofort ausverkauft, meinte sie."

Sven sah erstaunt auf. „Es ist schon komisch, momentan höre ich diesen Namen von allen Seiten. Ich hatte keine Ahnung, dass Lisa Xseera unter Vertrag hat. Laut Vanessa ist sie *der neue Megastar.*"

„Genau, laut Lisa auch. Aber ich kann mir schon deshalb nicht vorstellen, dass so jemand hier in Eschingen auftreten will. Hast du eine spontane Idee, wer von der Liste sonst noch zu uns passen würde?"

Sven war überrascht, dass seine Schwiegermutter um seinen Rat bat und nicht einfach alles schon beschlossen hatte. „Ich muss gestehen, dass mir nur zwei der Bands was sagen. Von dieser Xseera kenne ich bisher kein einziges Lied. Ich werde mir heute Abend Vanessas

CD ausborgen und sie mir mal anhören. Reicht es dir, wenn ich mich in den nächsten Tagen bei dir melde?"

Friederike nickte. „Gerne. Ich habe gestern dasselbe gemacht. Lisa hat mir auch zwei Demo-Songs zukommen lassen, die erst im nächsten Jahr veröffentlicht werden. Ich kann dir die Mail gerne zukommen lassen. Aber bitte behandele das vertraulich."

Sven nickte wieder und wandte sich an seine Mutter, die schweigend, aber interessiert zugehört hatte. „Was hältst du von der Idee?"

„Mir geht es ähnlich wie euch. Ich müsste mir erst die Songs anhören. Ich denke, für die Jugend in der Gegend wäre so ein Ereignis eine Sensation. Ich persönlich hätte nur etwas dagegen, wenn es sich um Hard-Rock oder ähnlich Unhörbares für meine Generation handelt. Es sollte ja etwas für alle sein. Aber Lisa wird schon wissen, was sie vorschlägt."

„Denkt ihr dann an eine Abend-Veranstaltung?", fragte Sven und wandte sich wieder an Friederike.

„Eher ab Spätnachmittag. Vielleicht zwei Vorgruppen und dann der eigentliche Star des Abends. Lisa meint, das sei gängige Praxis. Beginn dann vielleicht siebzehn Uhr mit der ersten Band." Friederike nickte und legte einen kleinen Plan auf den Schreibtisch. „Ich habe schon mal einen groben Ablaufplan skizziert und Lisa braucht nähere Informationen von der Stadt. Ich habe ihr die Kontaktdaten schon mal gemailt."

Alle beugten sich über die Unterlagen und Friederike erzählte vom Gespräch mit dem Bürgermeister.

7

Tabea steuerte ihr Auto über eine schnurgerade Straße, die gesäumt von grünen Rebflächen rechts und links auf das Schloss zuführte. Schloss Dischenberg lag oberhalb von Eschingen, mitten in den Weinbergen – auf den Bildern hatte malerisch, fast schon märchenhaft verwunschen gewirkt und Tabea war neugierig geworden. Trotzdem hatte sie es nicht eilig und zögerte die Ankunft gerne noch etwas hinaus.

Schließlich parkte sie nach Pias Anweisungen direkt vor dem Eingang zum Schlosshof und stieg aus. Erst einmal blickte sie sich um, um sich zu orientieren. Vor ihr ein schmiedeeisernes Gittertor, durch das sie einen weißen Pavillon sehen konnte, der von üppigen Bäumen umsäumt wurde. Das Schloss selbst strahlte mit seiner cremefarbenen Fassade, dem roten Ziegeldach und den in gelb-schwarz gehaltenen Fensterläden herrschaftliches Flair aus. Tabea blickte weiter über den Schlosshof zum Waldrand, wo der Kirchturm der Schlosskapelle hervorblitzte, von der Pia so geschwärmt hatte. Linker Hand befand sich die Kellerei mit dem Weinverkauf, wie das markante Firmenschild mit großem Wappen verkündete: „Freiherr von Rittenstein-Dischenberg – Weingut".

Sie holte ihre Fototasche aus dem Kofferraum des VW Tiguan, den sie seit Kurzem ihr eigen nannte, und näherte sich dem Tor. Vergeblich suchte sie eine Sprechanlage oder eine Klingel und streckte dann zögernd die Hand aus. Das Tor ließ sich problemlos öffnen und so trat sie ein. Nachdem sie den Haupteingang entdeckt hatte, durchquerte sie den Hof und blieb stehen, als sich die dunkle, schwere Holztür öffnete. Sie blinzelte und ein erfreutes Lächeln überzog ihr Gesicht.

„Oh, Sven. Dich schickt mir sprichwörtlich der Himmel", sagte sie, als sie erkannte, wer da das Schloss verließ.

„Hey Tabea, was führt dich hierher?", fragte Sven und wirkte ebenfalls erfreut.

„Ich habe einen Termin bei der Freifrau von Rittenstein-Dischenberg." Tabea verzog grimmig das Gesicht.

„Und warum habe ich das Gefühl, dass du den Termin lieber schwänzen würdest?", fragte Sven. „Ich komme gerade von ihr, sie frisst normalerweise keine Fotografinnen auf. Vor allem keine so reizende, wie du eine bist."

„Sehr witzig. Sven, ich habe keine Ahnung, wie ich die Freifrau anreden muss. Pia sagte etwas von Frau Baronin, aber sie hatte so ein Grinsen im Gesicht. Ich glaube, sie hat mich auf den Arm genommen."

Sven zog die Augenbrauen nach oben. „Also, die korrekte Anrede würde Königliche Hoheit lauten."

Tabea merkte, wie sie bleich wurde. Sie riss die Augen weit auf und schnappte nach Luft. „Ach du Schande! Das bekomme ich nicht über die Lippen."

Sven rieb sich die Nase. „Du könntest auch Durchlaucht zu ihr sagen."

„Oder einfach *Frau von Rittenstein*", mischte sich eine unbekannte Stimme ein und neben Sven tauchte eine sportlich wirkende Frau Anfang Sechzig auf, die ein Baumwollhemd mit aufgekrempelten Ärmeln und ausgebleichte Jeans trug. Um das Bild einer Winzerin abzurunden, steckten ihre Füße in total dreckverkrusteten Gummistiefeln.

„Mein Sohn ist ein absoluter Snob", meinte die Frau und streckte Tabea die Hand entgegen. „Theresa von Rittenstein. Ich nehme an, Sie sind Tabea Lier, die Fotografin, mit der ich verabredet bin?"

„Ihr Sohn?" Tabea riss die Augen noch weiter auf und ließ den Blick zwischen Sven und Frau von Rittenstein hin- und herwandern.

„Ja, dieser Witzbold hier ist mein ältester Sohn. Der nächste Freiherr von Rittenstein-Dischenberg."

Sven zuckte mit den Schultern und grinste nur.

„Aber ... aber." Tabea runzelte die Stirn und wandte sich direkt an ihn. „Du hast dich mir gegenüber aber als Sven Eberling vorgestellt."

Sven nickte und grinste. „Und deine Ehrfurcht meiner Mutter gegenüber, bestätigt mal wieder, dass das richtig war. Eberling ist der Mädchenname meiner Mutter und meine Gemeindemitglieder tun sich mit einem Pfarrer mit bürgerlichem Namen nun mal leichter. Die meisten wissen aber, dass ich eigentlich von Rittenstein heiße."

„Wir sind auch nur ganz normale Menschen, auch wenn wir aus einer Adelsfamilie kommen." Svens Mutter wirkte in der Tat lässig und entspannt und Tabea ärgerte sich über ihre Nervosität vor diesem Termin.

„Tja, manchmal stelle ich mich dämlicher an, als ich in Wirklichkeit bin", versuchte es Tabea mit einem Scherz und in der Tat, Mutter wie Sohn lachten herzhaft auf.

„Ich finde es sogar äußerst sympathisch, dass Sie sich um die Anrede Gedanken gemacht haben. Das zeigt doch nur Ihre Professionalität. Ich sehe schon, Sven hat Sie mir nicht ohne Grund empfohlen. Wollen wir dann?", fragte Svens Mutter und wandte sich an ihren Sohn, nachdem Tabea zur Bestätigung genickt hatte.

„Also Sven, du meldest dich bei Friederike und wir sehen uns morgen zum Abendessen."

Sven verabschiedete sich lächelnd von seiner Mutter und hielt Tabea noch kurz auf. „Wir zwei sehen uns aber heute Abend, oder kommst du nicht?"

„Doch, klar komm ich. Bis später." Tabea verlagerte ihre Fototasche auf die andere Schulter und ließ Svens Mutter den Vortritt.

„Wie ich schon am Telefon sagte, wollen wir für das Weingut einen neuen Werbe-Prospekt in Auftrag geben. Sven hat Sie und Ihre Kollegin in den höchsten Tönen gelobt, also dachten mein Mann und ich, warum nicht jemand aus der Gegend für die Aufnahmen engagieren." Während die Freifrau ihr kurz die Chronik des

Weingutes schilderte, überquerten sie Seite an Seite den Schlosshof zur Kellerei.

„Mein Mann führt gemeinsam mit unserem Kellermeister das Weingut. Guten Wein zu machen, ist eine hohe Kunst und die Familie meines Mannes gehört einer langen Winzertradition an. Auch wenn unser ältester Sohn eine andere Laufbahn eingeschlagen hat, wird das Weingut weiterbestehen. Unser jüngster Sohn ist momentan in Dijon um praktische Erfahrungen zu sammeln. Anschließend will er noch Spaniens und Neuseelands Weingebiete kennenlernen. Wir müssen uns daher keine Sorgen um den Fortbestand machen." Frau von Rittenstein öffnete die große zweiflügelige Eichentür und ließ Tabea den Vortritt. „Stellen Sie doch einfach Ihre Tasche hier ab. Ich möchte Sie erst meinem Mann und unserem Kellermeister vorstellen, dann führe ich Sie herum und wir entscheiden, wo wir mit den Aufnahmen beginnen und klären, was wir noch vorbereiten sollten."

Tabea nickte und stellte die Tasche auf den Tisch in dem überraschend hellen Vorraum. Geradeaus ging es durch eine verglaste Eingangstür in einen Verkaufsraum. Zur rechten führte eine breite Steintreppe vermutlich in den Weinkeller.

„Ich gehe mal voraus. Erst schauen wir kurz in den Verkaufsraum, dann in den Raum, in dem die Verkostungen durchgeführt werden." Frau von Rittenstein führte Tabea durch den lichtdurchfluteten Verkaufsraum, in dem in dutzenden Holzregalen Weinflaschen aller Art gelagert und präsentiert wurden.

Schließlich kamen sie zu einem mit Ziegelsteinen gemauerten Durchlass. Tabea blieb stehen und betrachtete den Verkaufsraum von dieser Seite und kontrollierte den Lichteinfall.

„Ich nehme an, Sie wollen auch Bilder hier im Verkaufsraum?" Als Frau von Rittenstein nickte, holte Tabea ein Notizbuch samt Stift aus ihrer Hosentasche und notierte sich, dass sie das komplette Beleuchtungsset brauchen würde. Anschließend folgte sie Frau von Rittenstein in den angrenzenden Raum und blieb überrascht stehen.

Sie befanden sich auf einmal in einem gewölbeähnlichen Raum, in den durch eine indirekte Beleuchtung eine romantische Stimmung gezaubert wurde. Die Wände waren aus historischen Klinkern gemauert, ansonsten sah der Raum modern und frisch renoviert aus. In die Wände waren dunkle Eichenbretter zu Regalen eingelassen, auf denen die Weine nach Jahrgängen sortiert, ruhten.

In der Mitte des Raumes stand ein langer, massiver Tisch und rechts und links davon je eine Holzbank. Ein Konzertflügel bildete den malerischen Abschluss vor einer hohen Wand, in der alte Weinkisten gestapelt waren. Tabeas Blick glitt zurück auf den Tisch, der mit Weingläsern und mehreren Kerzenständern für die nächste Verkostung vorbereitet war. Tabea verliebte sich auf der Stelle in dieses wunderschöne Ambiente.

„Oh, ich bin hin und weg. Hatten Sie auch an Bilder von einer Verkostung gedacht?" Tabea sah sich schon hinter ihrem Stativ rumwuseln.

„Wir dachten an einen Prospekt mit mehreren Seiten über das Weingut, das Schloss und die Außenanlagen. Im Innenteil unser gesamtes Wein-Angebot und im Anschluss noch einige Seiten mit den Innenräumen, dem Verkaufsraum, dem Verkostungsraum hier und dem Weinkeller. Es freut mich, dass es Ihnen gefällt." Frau von Rittenstein lächelte. „Unsere Weine sind auch heute noch das Ergebnis reinster Handarbeit. Unser Wein trägt diese Philosophie aus Tradition und Moderne in die Welt hinaus. Genau so stellt sich auch das Weingut dar, modern und gleichzeitig traditionsverbunden. Ich schlage vor, wir gehen nun ins Heiligtum, in den Weinkeller. Sie werden staunen, hier kommt das Ursprüngliche noch besonders zur Geltung."

Eine Stunde später waren sie in den Weinbergen unterwegs. Tabea kam aus dem Staunen nicht mehr heraus. Schon vorhin im Weinkeller war sie endgültig dem Zauber der Weinherstellung verfallen. Der Ziegel-Gewölbekeller war ihr riesengroß vorgekommen. Der Freiherr hatte ihr erklärt, dass die Klimawerte mit 75-85 % Luftfeuchtigkeit und den konstant kühlen Temperaturen um die 12 °C beste Reifebedingungen boten. Der Wein wurde im Barrique- oder Holzfass gelagert und ruhte hier unter idealen Bedingungen monate- oder gar jahrelang, bis er in Flaschen abgefüllt wurde.

Inzwischen hatte sie schon mehrere Seiten ihres Notizbuches vollgeschrieben, im Kopf kreierte sie eine Choreografie davon, wie sie die einzelnen Bilder aufnehmen wollte, welche Personen wo platziert werden sollten und welche Objektive, Einstellungen und Überarbeitungsmodi sie später verwenden würde.

„Die nährstoffreichen Böden und die besonderen Hanglagen sind die beste Voraussetzung für den Trollinger, der ausschließlich in Württemberg angebaut wird." Freiherr von Rittenstein-Dischenberg, der wie seine Frau völlig unkompliziert war, führte Tabea nun gemeinsam mit seiner Frau durchs Weingut. „Wir bauen aber auch Spätburgunder an."

Claus von Rittenstein schnitt eine Traube mit den Beeren einer dunklen Rebsorte ab und hielt sie Tabea hin. „Probieren Sie. Die tief-dunkle Farbe, der feinherbe Geschmack passt später besonders gut zu Wildgerichten."

Tabea steckte sich eine Beere in den Mund und versuchte, den Geschmack zu erkennen, von dem der Freiherr berichtet hatte. Für sie schmeckte es nur nach stinknormalen Weintrauben, so dass sie sich besser eines Kommentars enthielt und stattdessen interessiert nickte.

„An Weißweinen bauen wir Müller-Thurgau, Kerner, Gewürztraminer an, und wir experimentieren momentan mit einem Schillerwein – einem Rotling aus einem Verschnitt von Rot- und Weißwein-Trauben."

Wieder nickte Tabea und nahm sich vor, nachher je eine Sorte Wein mitzunehmen, auf die Gefahr hin, dass ihr Kontostand die Schwindsucht bekam. Sie wollte wenigstens das nächste Mal mitreden können, wenn es um die Weine vom Weingut ging und sie wollte diesen Auftrag haben. Das brachte sie mit dem nächsten Satz auch deutlich zum Ausdruck. „Ich bin sicher, dass wir Ihnen genau die richtigen Ergebnisse liefern können. Allerdings schätze ich, dass wir mindestens fünf bis sechs Tage für die gesamten Aufnahmen brauchen werden, je nach Wetterlage. Die Nacharbeiten würden dann auch noch ungefähr eine Woche dauern. Soll ich nachher ein paar Probeaufnahmen machen und Ihnen diese zusammen mit dem Angebot zukommen lassen?"

„Das wäre eine gute Idee. Wann könnten Sie denn starten?"

„Ich denke, nächste Woche könnten wir beginnen."

„Das wäre wunderbar." Frau von Rittenstein tauschte einen begeisterten Blick mit ihrem Mann. „Lassen Sie uns nachher in meinem Büro alle Termine fixieren."

Tabea stieg aus dem Auto, das sie vor dem Gemeindezentrum in Eschingen geparkt hatte und ging auf den Eingang zu. In ihrer Kehle hielt sich hartnäckig ein Kichern, das alle paar Minuten forderte, herausgelassen zu werden. Sie konnte es nicht fassen, dass sie sich wegen des heutigen Termins auf Schloss Dischenberg tagelang völlig unnötige Gedanken gemacht hatte.
Das Ehepaar von Rittenstein war so ganz anders, als sie sich den Hochadel vorgestellt hatte. Sie waren

überhaupt nicht überheblich oder hatten sie spüren lassen, dass sie nicht ihrem Stand angehörte. Im Gegenteil, sie waren liebenswürdige, nette Menschen, die – und das hatte Tabea am meisten überrascht und amüsiert – wie ein frisch verliebtes Paar händchenhaltend durch die Weinberge spaziert waren.

„Hey, Tabea."

Völlig atemlos tauchte Chloé Harrison neben ihr auf und sie musste den Kopf anheben, um der hochgewachsenen Ärztin zur Begrüßung in die Augen schauen zu können.

„Hallo, Chloé", Tabea drückte die Tür zum Gemeindezentrum auf, in dem Sven Eberling seine Gruppensitzungen abhielt. „Mir scheint, du bist gerannt."

„Und wie. Es stand auf der ... auf der Krip-pe ..." Chloé stockte und sah Tabea hilfesuchend an.

„Auf der Kippe?", half sie aus. Die geborene Texanerin Chloé sprach hervorragendes Deutsch, nur selten suchte sie nach Worten, so wie jetzt.

„Genau, es stand auf der Kippe, ob ich überhaupt kommen kann. Vor zwei Stunden ist noch einen Notfall eingeliefert worden."

Chloé ließ wie Tabea kaum eine Sitzung aus. Durch die Gespräche mit anderen Trauernden und den Anregungen, die Sven allen gab, hatte sie vor allem gelernt, wie viel Mut man brauchte, die Traurigkeit, den Schmerz und die Tränen zuzulassen, wenn man genesen wollte. Bisher war der Mut nicht dagewesen, doch heute – da war sie zuversichtlich – würde sie einen Schritt weitergehen können und vielleicht von ihren Gewissensbissen, die sie plagten, sprechen können. Denn die Gespräche mit anderen Betroffenen halfen ihr jede Woche aufs Neue. Die Gruppe war zusammengewachsen. Jeder hatte ein anderes Schicksal zu beklagen, neue Trauernde stießen dazu, wurden in die Gemeinschaft aufgenommen und diejenigen, die meinten, keine Hilfe mehr zu benötigen, wurden verabschiedet.

„Wollen wir nachher noch etwas essen gehen?", fragte Chloé und trat neben Tabea in den Gruppenraum.

„Gern, ich muss dir erzählen, was mir heute passiert ist." Tabea schmunzelte und dachte daran, dass man sich oft selbst im Weg stand. Mit der zehn Jahre älteren Ärztin war in den letzten Monaten eine nette lose Freundschaft entstanden. Warum also sollte sie nicht deren Angebot zu einem gemeinsamen Abendessen annehmen? Beide waren sie allein, beide neu in Mittsingen und beide hatten erst vor Kurzem einen Schicksalsschlag erlitten.

8

Chloé Harrison betrat die Kletterhalle in Eschingen. Sie kam direkt vom Nachtdienst aus der Klinik. Doch sie war hellwach und hatte kurzerhand beschlossen, ihre Trainingseinheit jetzt gleich einzuschieben, bevor sie sich nachher zuhause nicht mehr aufraffen konnte. Nur wenige Sportler hatten sich an diesem frühen Samstagmorgen in die Halle verirrt. Als sie sich umsah, erkannte sie an einer gegenüberliegenden Wand eine Sportlerin, die sich schon weit oben befand. Sie blieb stehen und ließ die Gestalt nicht aus den Augen.

Scheinbar mühelos durchkletterte die Sportlerin eine der schwierigsten Passagen, die es überhaupt hier in der Kletterwelt zu überwinden galt. Wie ein Spinne klebte sie in fünfzehn Metern Höhe kurz vor dem Überhang und – Chloés Atem stockte – sie war nicht angeseilt.

Ein hektischer Kontrollblick in die Halle signalisierte ihr, dass niemand von diesem klaren Regelverstoß Notiz nahm.

„Entschuldigung, darf ich mal?", fragte in diesem Moment jemand hinter Chloé, die kommentarlos zur

Seite rückte, ohne die Kletterin hoch oben aus den Augen zu lassen.

„Äh, das reicht nicht ganz ... Könnten Sie vielleicht noch einen Schritt ... Chloé?"

Chloé riss endlich den Blick von der Wand und drehte sich zu der Stimme um. Nathalie Frey stand, einen Reinigungswagen schiebend, vor dem Eingang zur Kletterhalle, den Chloé noch immer teilweise blockierte.

„Hey, Nathalie. Was führt dich denn hierher?" Chloé machte augenblicklich den Weg frei und lächelte die Sechzehnjährige an.

„Arbeiten", grimmig verzog Nathalie den Mund und zeigte in den Boulderbereich der Kletterhalle. „Gestern war eine Schulklasse da und jetzt klebt dort hinten immer noch der gesamte Boden."

„Oh je, das wird sicherlich kein Vergnügen werden." Chloé musterte das junge Mädchen, das sich langsam aber sicher in eine junge Frau verwandelte, und das sie im Frühjahr diesen Jahres im Krankenhaus behandelt hatte. In dem Frühjahr, in dem sich alles verändert hatte. Sie fühlte, wie sich ein dumpfer Schmerz von der Herzgegend auf den Weg machte, den gesamten Brustraum zu vereinnahmen. Sie füllte ihre Lungen mit einem tiefen Atemzug, um das Engegefühl zu vertreiben. Im März hatte sie ihr ungeborenes Baby verloren, ihre Ehe war endgültig gescheitert und ihr Ex war jetzt mit Nathalies Schwester zusammen. Sie bemerkte, dass Nathalie immer noch erwartungsvoll vor ihr stand. Schnell fragte sie: „Du schaust gut aus. Wie geht es dir?"

„Prima!" Nathalie hob den Kopf und lächelte sie an.

„Du warst schon lange nicht mehr bei uns. Lexi hat erst gestern Christian angewiesen, dass er drauf bestehen soll, dass du uns besuchen kommst. Du kennst sie ja."

„Er war in der Tat gestern bei mir, aber ich hatte viel zu tun. Aber nächste Woche schaffe ich es bestimmt mal, vorbeizukommen." Chloé zeigte nach oben. „Weißt du, wer das ist?"

Nathalie folgte Chloés Handbewegung und nickte. „Ja, das ist Nia – Nia Klieber, die hat's echt drauf."

„Ziemlich unverantwortlich, wie sie sich verhält." Chloé biss vor Anspannung die Zähne zusammen, als die ungesicherte Kletterin nun – zugegebenermaßen – scheinbar mühelos einen weiteren Überhang nahm und aus ihrem Blickfeld verschwand.

„Ach was, da passiert schon nichts. Ich geh dann mal weiter." Nathalie ließ die entsetzte Chloé einfach stehen.

Chloé umrundete eine hervorstehende Kletterwand, an der sich ein Vater mit seinem Sohn an einer der leichtesten Kletterrouten versuchte – angeseilt, wie es eigentlich üblich war. Am anderen Ende der Halle angekommen, lehnte sie sich an die Wand, verschränkte die Arme vor der Brust und beobachtete die leichtsinnige Sportlerin, die jetzt schon wieder auf dem Rückweg war. Beeindruckend zügig und ohne Anstrengung meisterte sie die schwierigsten Passagen. Dennoch steigerte sich Chloés Entrüstung über diese Nachlässigkeit bis zur Wut. Zischend blies sie den Atem zwischen den zusammengepressten Zähnen hindurch und ging, ohne die Fremde aus den Augen zu lassen, zur Sportsbar, wo der Inhaber der Kletterwelt lautstark telefonierte. Chloé nahm ihm das Telefon aus der Hand und hatte damit sofort seine vollste Aufmerksamkeit.

„Hey, was soll denn das?", fragte Maximilian Keller, den sie inzwischen als Freund betrachtete.

„Was soll das?", fuhr Chloé ihn an und deutete in die Kletterhalle hinein, an der die Unbekannte nun blitzschnell die letzten Meter überwand und aus geringer Höhe leichtfüßig absprang. „Max, sieh doch. Das ist unverantwortlich. Sie ist nicht angeseilt und weit und breit steht kein Sicherungspartner. Das ist grob fahrlässig und ich würde mich nicht wundern, wenn sie demnächst bei mir auf dem OP-Tisch liegt."

„Reg dich ab." Max entwand Chloé wieder das Telefon und beendete mit knappen Worten das Telefonat, dann warf er das Telefon auf den Tresen und stützte sich grinsend auf die Arbeitsplatte. „Nia weiß, was sie tut. Das ist *Nia Klieber!* Hoher Besuch in unserer Kletterhalle."

Chloé runzelte die Stirn und überlegte, woher sie den Namen kannte.

„Sag bloß, du hast keine Ahnung, wer das ist? *N-i-a K-l-i-e-b-e-r, die Spinne.*" Max sah sie verständnislos an und deutete auf die gegenüberliegende Wand, wo einige Poster mit namhaften Sportlern hingen.

Es brauchte noch einige Sekunden, bis bei Chloé endlich der Groschen fiel, dann entdeckte sie auf einem der Poster ein Foto und den Namen Nia Klieber.

„Die Boulder-Europameisterin? Hier bei uns. Holy cow!", rutschte ihr heraus und sie wandte rasch den Kopf wieder zur leibhaftigen Nia Klieber. Chloé beobachtete nun, wie Nia zu einer der Bänke ging, ihre

Tasche schnappte und in Richtung der Umkleideräume lief. Nun erkannte sie auch, dass die hochgewachsene Kletterin ein T-Shirt mit dem Spinnen-Logo des Sponsors trug. Sie trat näher an das Poster und betrachtete die Europameisterin nun etwas genauer. Es zeigte ein Bild, auf dem die dunkelhäutige Sportlerin – wohlgemerkt angeseilt – mit einer Hand am Felsen hielt und sich dabei lässig mit einem Fuß abstützte. Die durchtrainierten Muskeln waren klar definiert und etwas neidisch betrachtete sie deren schlanke Figur. Irgendwie hatte es der Fotograf geschafft, den Fokus auf Nias Gesichts zu setzen, man konnte erkennen, wie viel Spaß sie bei dieser Aufnahme gehabt hatte.

„Holy cow!", wiederholte sie und drehte sich wieder zu Max um. „Wenn es jemand drauf hat, dann Nia Klieber."

„Allerdings", stimmte Max zu. „Aber dafür trainiert sie auch täglich."

„Echt? Na, die muss ja Zeit haben." Chloé wandte sich wieder Max zu. „Gut, dann tue ich auch mal was für meine Hüften." Sie tätschele ihre weit weniger schmalen Rundungen und zuckte mit den Schultern.

„Ich habe zwei neue Strecken gesteckt", meinte Max und grinste. „Bin gespannt, ob du die schaffst."

Chloé erwiderte das Lächeln und ging zur Boulderwand. Dort entdeckte sie sofort die erste der neuen Routen und suchte nach dem besten Weg. Während ihr Blick an der Wand entlang glitt und sie in Gedanken die Griffe durchging, stieg die freudige Anspannung vor dieser neuen Herausforderung.

Sie schmunzelte über sich selbst.

Seit ihre Ehe in die Brüche gegangen war, ging es ihr eigentlich besser denn je. Es schmerzte zwar, keinen Partner mehr an der Seite zu haben, aber ein Bruch war nun mal nicht zu kitten. Na ja, *Bruch* war irgendwie der falsche Ausdruck, schließlich waren sie und Christian nie Liebende, eher Verbündete im Kampf gegen ihre eigenen Dämonen gewesen. Trotzdem hatte sie sich die Freundschaft zu ihm und zu seiner neuen Lebensgefährtin erhalten können und sich langsam auch hier in Deutschland eingewöhnt. Es gefiel ihr sogar wirklich gut hier im Schwäbischen, das so gar nichts mit ihrer texanischen Heimat gemein hatte.

Sie ging zum Einstieg in die Route, rieb ihre Hände mit Magnesia ein und umfasste den ersten Griff. Rasch gelang es ihr, die ersten Tritte und Griffe zu klettern, während ihre Gedanken noch immer um die letzten Monate kreisten. Hatte sie noch nach der Fehlgeburt und der endgültigen Trennung von Christian erst einmal mit dem Gedanken gespielt, zurück nach Texas zu fliegen, war dieser Wunsch inzwischen in weite Ferne gerückt. Denn sie hatte im Krankenhaus Eschingen überraschenderweise die Leitung der Anästhesie-Abteilung übertragen bekommen und sie war zufrieden in ihrem Job und mit ihrem Singledasein. Die Besuche in der Selbsthilfegruppe hatten ihr geholfen, mit der Fehlgeburt und auch mit den traumatischen Kriegsereignissen, die sie als junge Ärztin im Irak erlebt hatte, zwar nicht abzuschließen, aber besser klarzukommen. Die Scheidung schlauchte sie, trotzdem fühlte sie sich Christian und dessen neuer Familie sehr verbunden.

Wenn sie aber sein Glück als Außenstehende betrachtete, dann fühlte sie wieder eine Leere in sich, die sie ihr ganzes Erwachsenenleben begleitet hatte. Trotz ihrer inzwischen neununddreißig Jahre hatte sie sich noch nie erklären können, was der Auslöser für dieses Gefühl war – irgendetwas lief schief, irgendetwas fehlte. Doch das letzte Puzzlestück, um dieses Rätsel zu lösen und die Leere ausfüllen, hatte sie bis heute nicht finden können.

„Shit!" Ihre Hand rutschte immer wieder ab. Inzwischen war sie an der Stelle angekommen, die sie vorhin schon als kritisch ausgemacht hatte und schon steckte sie in der Klemme. Ihr rechter Fuß reichte nicht bis zum nächsten Tritt, mit den Händen konnte sie auch nicht nachgreifen und richtig sicher stand sie auch nicht.

„Verlagere das Gewicht nach links und greife nach oben in den gelben Griff", rief ihr jemand zu. Chloé gehorchte und überraschenderweise konnte sie daraufhin ohne Probleme den nächsten Tritt erreichen. Ihre Atmung ging stoßweise, die Oberarmmuskeln schmerzten, doch sie biss die Zähne zusammen und kletterte weiter, bis sie die Passage tatsächlich bezwungen hatte. Schließlich sprang sie ab und landete neben einer lachenden Nia Klieber, die ihr die Hand zum Abklatschen entgegenstreckte. Sie nahm die Aufforderung an und fragte: „Hast du mir den Tipp zugerufen?"

„Ja. Saubere Leistung!", meinte diese.

„Danke, das ist ein großes Lob aus berufenem

Munde", erwiderte Chloé und wischte sich mit ihrem Ärmel das schweißnasse Gesicht ab.

„Aha, mein Ruf eilt mir mal wieder voraus." Nia lächelte. „Schade, dass ich schon umgezogen bin, sonst hätten wir zusammen klettern können."

„Ich glaube nicht, dass ich irgendwie mithalten könnte", erklärte Chloé und schüttelte ihre schmerzenden Arme aus.

„Warum? Das hat doch super ausgesehen. Du hast einen charmanten Akzent, woher kommst du?", fragte Nia.

Charmanter Akzent, so hatte das noch keiner genannt. Chloé schmunzelte unweigerlich, sie würde ihre amerikanische Färbung wohl nie ablegen können. „Ich stamme aus Texas, aber meine Mutter ist Deutsche."

„Lustig, mein Vater stammt aus New Orleans", meinte Nia, lächelte wieder und zupfte an ihrer krausen Mähne. „Auch ich kann meine Herkunft nicht verstecken."

„Ich glaube, das müssen wir auch nicht", murmelte Chloé und fühlte sich einer gründlichen Musterung unterzogen. Irgendwie hatte sie das Gefühl, etwas sagen zu müssen, also sagte sie das Erste, was ihr in den Sinn kam: „Kann ich dir als Dank einen Fruchtcocktail spendieren?"

Nia winkte ab. „Nee, leider nicht. Ich hab noch was vor. Vielleicht sieht man sich ja ein anderes Mal wieder." Sie schulterte ihre Sporttasche und wandte sich zum Gehen. Kurz vor dem Ausgang drehte sie sich noch einmal um und Chloé fühlte sich beim Starren ertappt.

Aber sie war völlig verblüfft, dass sie eine Frau kennengelernt hatte, die mit ihr auf Augenhöhe stand, was bei ihren einsneunzig nicht gerade häufig der Fall war. Selten hatte sie einer Frau in die Augen schauen können, ohne den Kopf zu senken.

Über sich selbst den Kopf schüttelnd, machte sie sich auf den Weg zur anderen Seite, um die zweite Route zu testen, von der Max gesprochen hatte.

Till hielt mit der Kamera stur auf den Syrer, den sie eben interviewten. Auch dieser Mann schilderte, wie viele andere, die sie in den letzten Tagen interviewt hatten, die grausamsten Folterungsmethoden, Entführungen und erzählte von ermordeten Verwandten. Sie hatten nun endlich Personen gefunden, die bereit waren, zu reden. Und das Material, das sie zusammengetragen hatten, war inzwischen so brisant, dass er froh war, dass sie sich nur noch knappe drei Wochen hier aufhalten sollten.

So zermürbend sein Job teilweise war, so froh war er darüber, dass er als Zeitzeuge daran beteiligt sein durfte, diese Bilder in die Welt zu schicken, wo keiner wirklich ahnte, was hier passierte. Hier in Syrien herrschten die absoluten Gegensätze. Krieg und Gewalt bestimmten die meisten Teile des Landes, aber in den Dörfern außerhalb dieser Regionen lebten Familien, die so herzliche Wesenszüge hatten, was man in Deutschland nicht ahnte. Sie hatten bei ihren Reportagen mehrmals bei den Familien Schutz suchen oder über Nacht bleiben müssen, das alles war ihm fast unwirklich vorgekommen. Die Freundlichkeit und Hilfsbereitschaft stand in krassem Kontrast zur Herrschsucht der Machthaber.

Nach diesem Interview würden sie erneut weiter nach Norden Richtung Aleppo fahren, wo heftige Kämpfe tobten. Ein Zwischenstopp war bei Idlip geplant, wo eine humanitäre Hilfsgemeinschaft ein kleines Krankenhaus betrieb und mit Schwierigkeiten kämpfte, die Patienten ausreichend versorgen zu können.

Und doch hatte er Mühe, seinen Job dieses Mal distanziert wie früher zu betrachten. Das Leid, die schweren Verletzungen, das alles machte ihn zunehmend wütend, aber auch traurig. Er hatte kaum Zeit zum Luftholen, das Gesehene zu verarbeiten oder ausreichend zu schlafen. Nur wenn er sich Tabeas Bild ansah, das er immer mit sich trug, dann fiel die Last, wenigstens für Minuten, von ihm ab.

Er hatte genug – genug davon, ständig wachsam und in höchster Gefahr zu leben. Er hatte genug davon, dieses ständige Leid zu sehen und zu filmen. Acht Jahre waren genug, er hatte das Team immer loyal unterstützt, hatte allen Gefahrensituationen mit stoischer Ruhe getrotzt und doch war er jetzt müde. Er hatte in mehreren schlaflosen Stunden beschlossen, dass er Syrien und den nächsten schon fest gebuchten Auftrag hinter sich bringen und dann beim Sender um seine Versetzung bitten würde.

Syrien wurde für Journalisten zunehmend zum gefährlichsten Terrain der Welt. Die Zensur und die

Überwachung nahmen zu und nur durch Zufall waren sie bisher unentdeckt geblieben. Mehrere Journalisten waren schon entführt oder getötet worden und dieses Risiko war ihm nun zu hoch, jetzt wo er die Liebe gefunden hatte.

Er wollte mit Tabea ein neues Leben beginnen und egal, was Pia angedeutet hatte oder wie wütend sie auf ihn war, er würde nichts unversucht lassen, Tabea alles zu erklären. Er würde ihr reinen Wein einschenken, ihr seine Überlegungen für seine Zukunft unterbreiten und hoffen, dass sie ihn nicht zum Teufel jagen würde.

9

„Frau Lier, sind Sie sicher, dass Sie noch Zeit haben?

Eine Woche war inzwischen vergangen, seit Tabea mit den Fotoarbeiten auf Schloss Dischenberg begonnen hatte. Frau von Rittenstein fragte nun schon zum dritten Mal. Tabea war an diesem Freitag zum zweiten Fototermin auf Schloss Dischenberg und hatte sich von Frau von Rittenstein verabschieden wollen, doch die hatte neue Pläne.

„Natürlich habe ich noch Zeit. Es freut mich doch, wenn Sie mit meiner Arbeit zufrieden sind", erklärte Tabea lächelnd.

„Zufrieden ist gar kein Ausdruck. Wir sind ganz begeistert von den Fotos, die Sie uns als Muster gebracht haben. Mein Mann und ich dachten daran, ob Sie nicht gleich das Schloss mit dokumentieren könnten, fürs Familienalbum sozusagen", meinte die Schlossherrin. „Wir können aber auch gerne einen neuen Termin vereinbaren, es eilt ja nicht so sehr."

„Das mache ich doch gern." Tabea schmunzelte. Alles an diesem Auftrag passte, vom Wetter angefangen, bis zu begeisterten Auftraggebern, die sie ganz in Ruhe arbeiten ließen. „Es ist noch nicht mal vier Uhr und ich freue mich darauf, das Schloss von innen zu sehen. Vielleicht zeigen Sie mir erst, was Sie sich genau vorgestellt haben. Dann kann ich es abschätzen und Ihnen morgen Bescheid geben, wann ich es einschieben kann."

„So machen wir es. Ich zeige Ihnen jetzt die Räumlichkeiten, die infrage kommen." Frau von Rittenstein schien erleichtert. Sie führte Tabea zum Haupteingang, wo sie bei ihrer ersten Ankunft auf Sven getroffen war. Gleich darauf stand Tabea in einem großzügigen Eingangsbereich. Eine moderne Sitzgruppe aus edlem Rattangeflecht mit anthrazitfarbenen Kissen und einem dazugehörigen Tisch vermittelte ein gemütliches Ambiente, das von einem offenen Kamin abgerundet wurde. Tabea konnte sich bildlich vorstellen, wie die Schlossherren sich im Winter nach einem langen Tag in diese gemütliche Wärme flüchteten.

„Oh, ist das schön hier", lächelnd schaute sie sich weiter um. Linker Hand führte eine geschwungene Holztreppe hinauf zu einer Galerie, an die sich eine Wendeltreppe anschloss. Überall hingen Wildtrophäen oder alte Gemälde, auf denen vermutlich die Vorfahren der Freiherren von Rittenstein-Dischenberg abgebildet waren. Irgendwoher waren vereinzelte Klavierklänge zu hören, die immer wieder durch lautes Fluchen unterbrochen wurden. Sie lauschte.

Frau von Rittenstein hatte ihre Aufmerksamkeit bemerkt und meinte lächelnd: „Meine Enkelin versucht sich am Flügel. Wir bewohnen hauptsächlich das Erdgeschoss, aber vielleicht gehen wir erst in den

Musiksaal, bevor sie Kleinholz aus dem Flügel macht."

Ihr war anzumerken, dass sie nicht meinte, was sie da sagte. „Meine Enkelin ist unlängst dreizehn geworden. Schwierig, schwierig kann ich Ihnen sagen."

„Oh, meine jüngste Schwester ist fünfzehn. Meine Mutter berichtet auch jede Woche neue Horrorstories. Ich sage ihr dann immer, dass ich bestimmt nicht so gewesen bin, worauf sie mich auslacht." Tabea zog eine Augenbraue nach oben und betrachtete das alte Gemälde, das sie eben passierten. „Ich muss schon sagen, mir gefällt außerordentlich gut, wie Sie es schaffen, Moderne und Historie zu mischen und es dabei keinesfalls kitschig wirken zu lassen."

„Oh, vielen Dank. Das ist nett. Ich bin von Beruf Innenarchitektin, habe aber Claus zuliebe von Beginn an auf dem Weingut mitgeholfen und bin für die repräsentativen Aufgaben zuständig." Frau von Rittenstein verzog grimmig ihren Mund. „Ich hatte anfangs sehr viel Mühe, mich hier in der Familie einzufinden, und meine Schwiegermutter war eher traditionsverbunden und ... na, ich will es mal so formulieren ... eher von der elitären Sorte. Ich mochte sie und sie nahm mich herzlich auf, aber wir mussten nach ihrem Tod hier erst gründlich mit den alten Zöpfen abschließen, um unseren eigenen Weg einzuschlagen. Gott sei Dank liegt mein Mann mit mir da auf der gleichen Linie."

Ja, die beiden verstanden sich perfekt, das hatte Tabea inzwischen schon mehrfach erleben dürfen. Dieser Auftrag hier machte so viel Spaß wie lange nicht mehr und Tabea hatte sich heute Morgen beim Aufstehen richtig auf das Wiedersehen mit Frau von Rittenstein gefreut.

„Sie und Ihr Mann erinnern mich an meine Eltern", erklärte Tabea und errötete.

„Inwiefern?", erkundigte sich Frau von Rittenstein und blieb stehen.

„Ich kannte außer meinen Eltern bisher kein Ehepaar in Ihrem Alter, das noch händchenhaltend herumspaziert." Tabea wurde nun dunkelrot und senkte den Blick. „Oh Gott, verzeihen Sie mir meine Indiskretion."

„Aber nein, das ist doch ein Kompliment für uns. Ich genieße es in der Tat, auch heute noch von Claus umgarnt zu werden. Nach drei Kindern, über dreißig Jahren Ehe und der gemeinsamen Arbeit ist es uns tatsächlich gelungen, unsere Liebe zu erhalten. Aber daran muss man hart arbeiten."

„Das sagt meine Mutter auch immer."

„Darf ich jetzt auch mal indiskret sein und Sie fragen, wer von Ihren Eltern aus ... ich nehme an ... Indien kommt. Ihr dunkler Teint und Ihre mandelförmigen Augen faszinieren mich schon die ganze Zeit."

„Jetzt ist es aber an mir, danke für das Kompliment zu sagen." Tabea errötete erneut. „Meine Mutter stammt aus Indien. Meine Eltern haben sich kennengelernt, als mein Vater dort ein Jahr lang hospitiert hat. Er ist Chirurg in einer Klinik in Celle."

„Und Ihre Mutter ist ihm dann einfach nach Deutschland gefolgt? Sehr mutig finde ich."

Vor allem, wenn man ihren Hintergrund kennt, dachte Tabea. „Ja, ich glaube, sie hat es auch nicht oft bereut, auch wenn sie ihre Familie in Indien höchstens alle paar Jahre sieht. Aber meine Mutter ist – wie Sie – modern und mit der Tradition verbunden. Sie hat sich sofort in Deutschland integriert und die Sprache gelernt, sie kleidet sich westlich und doch trägt sie meist einen Sari als Oberbekleidung. Sie ist eine tolle Frau und Mutter. Ich liebe sie einfach."

Frau von Rittenstein lachte unterdrückt auf. „Ich hoffe, das sagen Sie ihr auch ab und zu."

„Nicht sehr oft", gab Tabea zu und folgte nun wieder Frau von Rittenstein.

„Was hat Sie dann von Celle hierher geführt, wenn ich fragen darf?" Sie liefen einen schmalen Flur entlang, an dessen Wänden ebenfalls Gemälde hingen.

Tabea schwieg nur kurze Zeit, dann entschied sie sich die Wahrheit zu sagen. „Mein Verlobter ist letzten Herbst in Kunduz ums Leben gekommen. Ich habe es in Celle nicht mehr ausgehalten und da ich mit Pia Röcker, meiner Partnerin, gemeinsam in Stuttgart meine Ausbildung gemacht habe, bin ich hier hängengeblieben, als ich sie besuchen wollte."

„Oh, das tut mir leid", murmelte Frau von Rittenstein.

„Ja, mir auch. Aber es geht aufwärts. Ich bin in der Selbsthilfegruppe Ihres Sohnes. Er leistet tolle Arbeit. Unglaublich, wie er es schafft, dass sich die Teilnehmer so öffnen können."

„Sven war schon immer sehr mitfühlend und sozial eingestellt. Es hat uns nicht überrascht, als er uns eines Tages eröffnet hat, dass er gern Psychologie studieren wollte."

„War das keine Enttäuschung für Ihren Mann?"

„Keineswegs. Wir waren uns immer einig, dass wir unseren Kindern freie Hand lassen würden. Meine Tochter ist in einer Künstleragentur beschäftigt und lebt mal in den USA, mal in Frankfurt, und selbst wenn unser Jüngster nicht unsere Nachfolge angetreten hätte, hätten wir eine Lösung gefunden, das Weingut weiter fortbestehen zu lassen. So, hier wären wir. Diese Räume werden leider viel zu selten genutzt und dabei sind sie so wunderschön." Frau von Rittenstein deutete auf eine Tür, hinter der nun deutlich schiefe Klavierklänge und wiederum heftige Flüche zu hören waren.

„Ach, ich glaube, ich kenne die Melodie, die ihre Enkelin da zu spielen versucht. Gar nicht so einfach."

„Vor allem, wenn der Vater einem verbietet, Klavierunterricht zu nehmen. Aber sie setzt sich darüber hinweg und kommt fast täglich her, um herumzuprobieren", meinte Frau von Rittenstein und schüttelte den Kopf. „Wer soll das noch verstehen."

„Warum darf sie keinen Unterricht nehmen? Ach, entschuldigen Sie, das geht mich ja nichts an. Dafür ist sie aber erstaunlich weit gekommen. Hören Sie nur, sie hat die Harmonie genau richtig getroffen." Tabea lauschte fasziniert.

„Vielleicht liegt es ihr im Blut. Vanessas Mutter hat Musik studiert und lehrt an einer Musikakademie in Cardiff. Vanessas Eltern haben sich getrennt."

„Aha und ihr Vater mag also nicht, dass seine Tochter auch Talent für die Musik hat", rutschte Tabea heraus und wiederum lief sie dunkelrot an.

„So in etwa." Frau von Rittenstein verzog den Mund.

Irgendwie komische Zustände, dachte Tabea und verkniff sich, neugierig nachzufragen, welcher Sohn denn Vanessas Vater war. Doch eines wollte sie jetzt doch wissen: „Vanessa lebt also hier bei Ihnen?"

„Nein. Vanessa lebt bei Sven in Eschingen. Wenn er allerdings Termine hat und das hat er als Pfarrer oft, ist sie bei uns."

„Oh!" *Sven also!* Tabea nahm verwundert zur Kenntnis, dass Sven eine Tochter hatte. Bisher hatte er nichts davon erzählt, aber wenn sie ehrlich war, dann hatte er eigentlich nur sehr wenig Privates von sich erzählt. Schließlich war ihr auch nicht bekannt gewesen, dass er der nächste Freiherr von Rittenstein-Dischenberg war und sie war sich sicher, dass das keiner aus der Gruppe wusste.

Frau von Rittenstein öffnete die Tür und Tabea sah ein junges Mädchen, das mit wütendem Gesichtsausdruck zu ihnen herüberstarrte. „Hallo, Vanessa, dürfen wir kurz stören?"

„Meinetwegen, ich bekomme es eh nicht hin", meinte sie und warf mit einer Handbewegung ihren Pferdeschwanz, der ähnlich wie Tabeas eigener geflochtener Zopf bis zu den Hüften reichte, nach hinten.

„Vielleicht kann ich dir helfen. Du versuchst doch Hopeless Summer zu spielen, oder?" Tabea näherte sich langsam.

Ein erstauntes Nicken war die Antwort.

„Hey, ich bin Tabea Lier und ich darf hier das Weingut und das Schloss auf Bilder bannen. Soll heißen, ich bin die nervige Fotografin, die hier in den letzten Tagen alles unsicher gemacht hat. Darf ich mich zu dir setzen?", fragte Tabea und Vanessa rutschte zur Seite. Tabea nahm die stumme Aufforderung an, während sich ihre Großmutter seitlich an den Flügel stellte.

„Und ich bin Vanessa. Oma hat mir die Bilder gezeigt, sie sind echt toll. Mir gefällt vor allem das Bild mit den Weinfässern. Tolle Idee mit der Kerze, sieht aus wie ein Weinkeller zur Ritterzeit." Sie kicherte und das Eis schien gebrochen. „Fehlt nur noch, dass Opa eine Rüstung trägt. Und wenn man schöne Bilder machen will, dann dauert es eben."

„Deine Idee gefällt mir", meinte Tabea und lächelte Frau von Rittenstein verschwörerisch zu. „Meinen Sie, ich kann mir Ihre Enkelin als Helferin ausborgen?"

„Von mir aus gerne."

„Hast du Lust?", Tabea wandte sich wieder an Vanessa, die grübelnd die Stirn runzelte.

„Was bekomme ich dafür?", fragte sie dann äußerst selbstbewusst.

„Nun, ich könnte dir anbieten, dass ich dir die Harmonien von diesem Song zeige."

„Beweise erst, dass du das kannst."

„Vanessa, du kannst doch Frau Lier nicht einfach duzen", mischte sich Frau von Rittenstein ein.

„Ach, lassen Sie sie doch." Tabea schüttelte nachdrücklich den Kopf und wandte sich wieder zu Vanessa. „Okay, du willst einen Beweis."

Tabea testete kurz den Anschlag, dann konzentrierte sie sich, rief sich die Melodie ins Gedächtnis und ließ ihre Finger über die Tasten gleiten.

„Krass!" Vanessa riss den Mund auf und auch Frau von Rittenstein wirkte erstaunt.

Tabea, die zuerst etwas nervös gewesen war, schloss die Augen und ließ unter ihren Fingern diese wunderbare Melodie entstehen, deren Zauber sie sich vom ersten Moment an nicht entziehen hatte können. Schnelle Läufe folgten auf langsame, die linke Hand spielte fast immer dieselben Töne und trotzdem entstanden in Verbindung mit der rechten Hand ständig neue Melodiebögen.

Tabea ging ganz in der Musik auf und genoss die grandiose Akustik. Die Klavierklänge wurden in den weitläufigen Raum hineingetragen, durften ungestört nachhallen und verklingen. Als sie am Ende ihres Vortrages angekommen war, öffnete sie wieder die Augen und lächelte.

Frau von Rittenstein erwiderte das Lächeln und nickte anerkennend. „Was für eine wundervolle Melodie."

„Krass!", wiederholte sich Vanessa. „Kannst du mir das wirklich beibringen?"

„Klar, wenn du Lust dazu hast."

„Hab ich!" Vanessa hüpfte vor Begeisterung auf der breiten Klavierbank herum und entlockte ihrer Großmutter erneut ein Lächeln.

„Aber Oma, bitte nicht Papa sagen. Er darf doch nicht wissen, dass ich Klavier spiele, sonst wird er böse." Vanessa drehte sich zu Tabea um. „Meine Mutter wollte nämlich Pianistin werden, dann hatte sie einen Unfall und musste ihre Karriere beenden. Das hat sie nie verwunden und ist ganz merkwürdig gewor..."

„Vanessa!", mischte sich Frau von Rittenstein leise aber nachdrücklich ein.

„Was denn?" Vanessa zuckte unschuldig mit den Schultern. „Stimmt doch. Sie hat nie verwunden, dass sie jetzt nur noch unterrichten kann. Deshalb haben sie sich ja getrennt und Papa will nicht, dass ich auch etwas mit Musik mache."

„Vanessa, ich bitte dich." Frau von Rittenstein blieb erstaunlich ruhig. „Deine Mutter hatte sehr viel Pech und sie arbeitet sehr hart. Es ist nicht einfach seinen Traum aufzugeben und täglich andere zu unterrichten, die am Anfang solcher Träume stehen."

„Genau, sie arbeitet so hart, dass sie uns vor zwei Jahren das letzte Mal besucht hat." Vanessa ignorierte den empörten Blick ihrer Großmutter und wandte sich dann wieder an Tabea. „Wann kann ich bei dir anfangen?"

„Sofort, wenn du möchtest. Ich denke, wir fangen mit ein paar Probeaufnahmen aus diesem Raum hier an. Das Licht, das durch die hohen Fenster kommt, gefällt mir. Möchtest du vielleicht auch Model spielen?", fragte Tabea und war sich damit endgültig Vanessas Zuneigung sicher. Die nickte nämlich begeistert und wirkte auch nicht genervt, als Tabea ihr erklärte, dass sie erst mal alle Ausrüstungsgegenstände holen mussten. Stattdessen schob sie die Ärmel ihres Sweatshirts nach oben und meinte: „Von mir aus kann's losgehen."

Till nahm die Kamera von seiner Schulter und streckte sich, um seinen verkrampften Nacken zu lockern, während er seinem Reporterkollegen aufmerksam zuhörte, der einen Patienten tröstete.

Dieser Patient hatte ihnen geschildert, wie er vor ein paar Tagen unvermittelt von einer Streukugel getroffen wurde. Irgendjemand hatte ihn gefunden und in das Krankenhaus gebracht, wo er sofort operiert worden war.

Der Mann hatte seine Geschichte nur unter Weinkrämpfen erzählen können und wie sie nach einem Interview mit dem behandelnden Arzt inzwischen wussten, hatte der Mann sehr großes Glück gehabt.

Die medizinische Versorgung hier war extrem schwierig, da die Kämpfer überall lauerten und die Patienten weite und gefährliche Wege in Kauf nehmen mussten, um Zugang zu einer medizinischen Behandlung zu bekommen.

Wie viele es nicht mehr rechtzeitig ins Krankenhaus schafften, war nicht bekannt und die meisten kamen mit schweren Verletzungen hier an. Der Arzt hatte von Tagen berichtet, in denen es keinen Strom gegeben hatte und Operationen fast unmöglich gewesen waren. Er hatte die Situation als ausweglos und schwierig beschrieben, da der Nachschub an Medikamenten oft monatelang unterwegs war und qualifiziertes Personal fehlte.

Für Till war das die Bestätigung dafür, wie wichtig die Arbeit seines Teams war. Der humanitäre Aspekt, dort zu sein und zu helfen, das wirkliche Leben hier in diesem Land nach draußen zu tragen, war genauso wichtig wie die medizinische Unterstützung, die die meist europäischen Ärzte hier leisteten. Er war voller Hochachtung vor diesen furchtlosen Menschen, die ihr eigenes Wohl gegen die Dankbarkeit der Patienten tauschten und Risiken und Einschränkungen in Kauf nahmen – eben so, wie er es auch seit Jahren handhabte.

Doch nun kam ihm dieses Leben zunehmend sinnlos vor, da die Hilfe sich wie ein Wassertropfen auf dem glühenden Stein, einfach auflöste. Selbst medizinische Einrichtungen waren in den letzten Tagen angegriffen worden. Eins war deutlich: Bisher hatte er sich bei seinen Einsätzen eine Art Scheuklappen anlegen können. Seit er ständig an Tabea dachte, funktionierte das nicht mehr. Dadurch bestand auch die Gefahr, dass er nachlässig wurde, seine Wachsamkeit nachließ und er sich und seine Kollegen unbewusst in Gefahr brachte.

Er fühlte es deutlich, seine Tage im Ausland waren gezählt. Es war der Zeitpunkt gekommen, sesshaft zu werden.

10

Tabea stand am Rande des Gartens unter einer schattenspendenden Baumgruppe, einen Teller mit Nudelsalat in der Hand und sah sich interessiert um. Schön war es hier und genau das, was sie sich immer für sich selbst erträumt hatte – irgendwann mit Jörn ein Haus zu bewohnen, in dessen Garten sich die Kinder tummeln konnten.

Das hier war aber Alexandras Elternhaus, in dem sie nach dem Tod der Eltern mit ihren Geschwistern und nun auch mit Christian wohnte. Es war eines der typischen Häuschen aus den Fünfzigerjahren, die man vor allem am Ortsrand von Mittsingen finden konnte. Ein freistehendes, nicht allzu großes Häuschen, mehrfach renoviert, das Dach erweitert und ausgebaut, mit einem Garten, der das Haus und die angebaute Garage umsäumte. Alter Baumbestand, der bestimmt noch von den Erstbesitzern gepflanzt worden war, ging in eine frisch gestutzte Hecke über.

Im Garten herrschte liebevolle Unordnung. Ein Mix aus gestapelten Brettern und herumliegenden Holzbalken, ein halb fertiggestelltes Baumhaus. Das war eindeutig die Handschrift von Christian, der hier wohl Alexandras Bruder Daniel einen Traum erfüllte. Holzvorräte, die darauf warteten, aufgeschichtet zu werden, lagen durcheinander, als wäre ein Wirbelsturm durch den Garten gerauscht. In den Blumenbeeten durften sich die Wildblumen so entfalten, wie es ihnen gefiel, die Rosenstöcke dagegen waren gestutzt und ordentlich hochgebunden und der Rasen frisch gemäht.

Während sie von ihrem Nudelsalat aß, beobachtete sie die bunte Gästeschar. Sie wunderte sich, wie viele Freunde Lexi und Christian eingeladen hatten. Im Garten wimmelten bestimmt um die dreißig Personen herum. Mehrere Frauen standen in eine Unterhaltung vertieft um den Sandkasten, in dem sich fünf Kinder im Kindergartenalter tummelten. Die Männer standen im Kreis um den Grill, lautstarkes Gelächter war zu hören und die restlichen Gäste hatten sich um Pia und Lexi geschart. In diesem Moment vermisste Tabea ihre Familie mehr denn je. Auch bei ihnen waren solche Gartenpartys im Sommer gang und gäbe. In Celle war die Nachbarschaft über die Jahre so nah zusammengewachsen, dass an fast jedem Wochenende irgendjemand den Grill anwarf und die Nachbarn sich einfach anschlossen.

Sie fühlte sich hier fremd und auch wieder nicht. Einige der Frauen kannte sie, andere hatte sie noch nie gesehen. Mittsingen war mit seinen sechstausend Einwohnern überschaubar und doch würde sie nie alle Bewohner kennen. Sie wurde sogar inzwischen in Mittsingen mit ihrem Namen angesprochen, sie wurde respektiert und gegrüßt, wo immer sie auftauchte. Sie fühlte sich tatsächlich schon heimisch und konnte sich vorstellen, hier auf Dauer zu leben. Vielleicht auch mit der Chance, jemanden kennenzulernen, sich zu verlieben und irgendwann doch eine eigene Familie zu gründen.

Wenn sie Pia so beobachtete, die voller Vorfreude auf ihr Baby war, dann wünschte sich Tabea nichts mehr, als eines Tages dieses Gefühl von wachsendem Leben in sich ebenfalls erleben zu dürfen. Mit einem Mann an ihrer Seite, der sie liebte, respektierte und unterstützte. Als sie nun zusah, wie Alex beschützend den Arm um Pia legte und ihr einen Kuss auf die Wange drückte, wurde ihr mit einem Mal bewusst, dass Jörn niemals in der Öffentlichkeit mit ihr Zärtlichkeiten ausgetauscht hatte. Händchenhalten war schon das Äußerste gewesen und auch nur dann, wenn sie seine Hand ergriffen hatte. Er war ein guter Mann gewesen, ihre bisher erste und einzige Liebe und sie hätte alles darum gegeben, wenn er noch am Leben wäre. Ob sie allerdings mit ihm tatsächlich vor den Traualtar getreten wäre, bezweifelte sie inzwischen stark.

Sie hatte sich Kinder gewünscht von Jörn, mit Jörn. Doch sie hätte die Kinder allein großziehen müssen – Jörn hätte sich ihr oder den Kindern zuliebe niemals von seinen gefährlichen Auslandseinsätzen abhalten lassen. Er war durch und durch Soldat gewesen. Das war sein Leben und sie hatte inzwischen begriffen, dass es für ihn vielleicht ein Segen gewesen war, im Einsatz ums Leben gekommen zu sein. So unterschiedlich konnten die Gefühle der Menschen sein. So unterschiedliche Prioritäten setzten sie, so unterschiedliche Wertvorstellungen und Ziele hatten sie. Diese Erkenntnis hatte geholfen, das Unabänderliche zu akzeptieren und endlich loszulassen, ohne die Jahre mit Jörn zu vergessen.

Und noch eines war ihr nun klar. War Jörn bei seiner Truppe gewesen, dann hatte er bestimmt keine Sekunde mehr als nötig an sie verschwendet. So wie Till!

Waren alle Männer so? Hatte ihre Mutter ihr nicht den Tipp gegeben, sie sollte die Männer besser kennenlernen? Und vor allem sich selbst und ihre eigenen Bedürfnisse? Tabea war in den letzten Wochen sich selbst gegenüber kritischer geworden. Sie hinterfragte mehr ihre eigenen Wünsche, bevor sie sich für andere einsetzte. So auch jetzt.

Sie hatte sich in einem unbeobachteten Moment hierher an den Rand des Gartens verzogen, um ein paar Minuten allein sein zu können. Obwohl sie ein geselliger Typ war, genoss sie auch die Momente, in denen sie in den Hintergrund treten und die Menschen betrachten konnte. Es war faszinierend zu beobachten, wie unterschiedlich sich Menschen bewegten, agierten oder sich in den Vordergrund spielten. Schon oft hatte sie den Drang verspürt, solche Momentaufnahmen mit dem Fotoapparat festzuhalten. Doch heute hatte ihr Pia Aufnahmeverbot erteilt. Die wenigen Bilder, die gemacht wurden, wurden mit den Handykameras geknipst, was Tabea ein Kopfschütteln entlockte.

Besonders jetzt hätte sie am liebsten ihre Kamera in

ihrer Hand. Lexi flirtete mit Christian, obwohl Chloé direkt daneben stand. Es verwunderte sie immer wieder, wie locker Chloé damit umging, dass Christian eine neue Familie hatte. Und wie einfach und schnell sie Freundschaft mit Lexi geschlossen hatte.

Vermutlich weil Chloé nie wirklich glücklich mit Christian gewesen war. Tabea hatte keine Ahnung, was Chloé wirklich quälte, denn das hatte sie in der Selbsthilfegruppe noch nicht erzählt. Dennoch sprach sie inzwischen offen über den Verlust des Babys und die bevorstehenden Scheidung, und Tabea erkannte auch an ihr den Prozess der Verarbeitung. Chloé wirkte gelöster, lachte mehr, und wenn sie sich mit ihr verabredete, dann dauerte der Abend immer sehr lange. Und trotzdem sah Chloé irgendwie völlig verloren zwischen den Pärchen aus. Wie sie selbst auch.

Tabea merkte, dass die Sehnsucht einen Menschen an der Seite zu haben, in ihr immer stärker wurde. Und dieser Mensch hatte störrische dunkelblonde Haare, grüne Augen und ein Lächeln, das sie umhauen konnte.

„Mein Gott, ist das ein Trubel hier. Hättest du gedacht, dass die beiden so viele Freunde haben?" Mit dieser Frage tauchte plötzlich Chloé neben ihr auf und rettete sie aus unliebsamen Erkenntnissen.

„Nee, aber Pia hat mir vorhin erklärt, dass das fast alles langjährige Freunde sind, teils sogar noch aus der Schulzeit. Es ist mir schleierhaft, wie Lexi das alles hinbekommen hat. Ich durfte nur Kartoffelsalat machen, jede weitere Hilfe hat sie abgelehnt."

„Ich durfte gar nichts mitbringen." Chloé lachte

breit und streckte ihre kecke Stupsnase in die Luft. „Vermutlich hat Christian aus dem Nähkästchen geplaudert. Ich bin nämlich eine totale Niete am Herd."

„Du hast dafür andere Stärken."

„Klärst du mich auf, welche du meinst?" Chloé kniff die Augen zusammen und sah Tabea skeptisch an. „Ich bin unfähig, eine Bindung einzugehen. Ich bin eine Chefin, die ihren Untergebenen ihren eigenen Dienst aufs Auge drückt, damit sie den Geburtstag ihres Ex feiern kann. Also, was kann ich deiner Meinung nach wirklich gut?"

Tabea suchte vergeblich nach einem Argument, dann hellte sich ihr Gesicht auf. „Du kannst klettern!"

„Stimmt, das kann ich in der Tat wirklich einigermaßen gut, aber das hilft mir nicht unbedingt durchs Leben."

„Du hörst dich gerade genauso gefrustet an, wie ich mich fühle. Ich habe mich eben gefragt, was ich hier allein zwischen den ganzen Pärchen soll."

„Ich schätze, wir sollten uns mal ein Gläschen Bowle gönnen, die Christian angesetzt hat. Das kann er nämlich besonders gut." Chloé stupste Tabea mit dem Ellbogen an. „Komm schon. Wir blasen jetzt keinen Trübsal. Wie war noch unser Zaubersatz für diese Woche?"

„Mir darf es gutgehen", zitierte Tabea den Satz, den ihnen Sven bei der letzten Sitzung mit auf den Weg gegeben hatte.

„Also los." Chloé hakte Tabea unter und zog sie mit sich. „Uns darf es gutgehen."

„Was ist eigentlich mit deiner Mutter los?", fragte Alexandra, die einen Kuchen in Stücke schnitt, während Christian die Getränke im Kühlschrank nachfüllte.

„Ich bin nicht ganz sicher. Aber ich habe vorhin am Rande mitbekommen, dass David tatsächlich die Frechheit besessen hat, zu fragen, ob sich meine Mutter nicht etwas verloren in ihrem Haus vorkommt."

„Das zeigt doch mal wieder, dass unser aller Eindruck von Anfang an der Richtige gewesen ist." Alexandra schüttelte heftig ihre roten Locken.

„Nur hilft das nichts, wenn Svea es nicht einsieht. Liebe macht blind", knurrte Christian und entkorkte eine Weinflasche.

„Ach ja?" Alexandra zog die Augenbrauen nach oben. Sie schlang die Arme um Christian und sah ihm in die Augen. „Also, ich kenne so ziemlich jede Macke meines Mannes."

„Deines Mannes?", hakte Christian nach und küsste Alexandra zärtlich.

„Na ja, meines Lebensabschnittsgefährten", grinste Alexandra und streichelte seinen Haaransatz.

„Das sollten wir ändern, sobald ich geschieden bin", erklärte Christian zu Alexandras Überraschung.

„Habe ich da auch noch ein Wörtchen mitzureden?", fragte sie und versuchte ihr vor Glück rasendes Herz unter Kontrolle zu bringen.

„Ein Wörtchen bestimmt. Mehr nicht. Lexi, du weißt,

wie sehr ich dich liebe." Christian sah sie mit so ernstem Blick an, dass ihr Mund vor Aufregung trocken wurde. „Ich wünsche mir nichts mehr, als dass du meine Frau wirst und wir eine Familie gründen."

Christians Satz hallte in ihren Ohren wie ein Schuss nach: Heiraten – Christians Frau werden – eine Familie gründen. Genau diese Frage hatte sie befürchtet, seit sie mit Christian wieder zusammengekommen war und *nein, das wollte sie ganz und gar nicht!*

Heiraten schon – aber keine Kinder bekommen. Jedenfalls nicht jetzt. Alexandra suchte verzweifelt nach einer Möglichkeit, wie sie Christian dies so schonend wie möglich beibringen konnte. Sekunde um Sekunde verstrich, in denen Christians Blick immer verständnisloser wurde, bis er schließlich seine Stirn runzelte.

„Lexi?" Christian griff nach ihrer Hand und drückte sie zärtlich.

„Ich ... Äh ... Ich weiß nicht, das kommt jetzt etwas plötzlich."

„Du weißt es nicht?" Christian sah sie nun fassungslos an und ließ ihre Hand wieder los.

„Ich ..." Alexandra zuckte mit den Schultern. „Natürlich möchte ich dich gerne heiraten, irgendwann mal ... aber ..."

„Aber? Lexi, was ist los mit dir? Ich dachte, wir wären glücklich." Er klang jetzt so furchtbar enttäuscht, dass Alexandra sich schuldig fühlte. Sie senkte den Kopf und suchte wiederum nach den richtigen Worten. Wie sollte sie ihm das erklären, wenn sie es doch selbst nicht wirklich verstand?

„Lexi?"

„Christian, ich bitte dich, wir haben Gäste. Warum fängst du ausgerechnet jetzt mit diesem Thema an?"

„Ich hatte das nicht geplant." Christian mied nun ihren Blick und wandte sich ab. Alexandra hatte das Gefühl, dass jetzt etwas völlig schief lief. Sie hielt ihn am Arm zurück.

„Sieh mich bitte an, Christian."

Nur zögernd drehte er sich zu ihr um. „Versteh das jetzt bitte nicht falsch. Ich liebe dich, aber ich weiß einfach nicht, ob ich eigene Kinder haben möchte." Jetzt war es raus, sie stieß den angehaltenen Atem aus und hielt sich die Brust. „Ich lebe seit Jahren doch nur für meine Geschwister. Ich möchte irgendwann auch mal mein Leben mit dir genießen."

Er starrte sie unverwandt an, während Alexandra immer noch nach den richtigen Worten suchte. „Ich mache seit Jahren nichts anderes als Kinder zu erziehen. Ich habe all meine Wünsche und Bedürfnisse hinten angestellt, bis die beiden mal aus dem Haus sind."

Christian runzelte die Stirn. „Ich verstehe. Wenn wir ein eigenes Kind bekommen würden, dann ginge das noch einmal von vorn los." Christians Stimme klang verständnisvoll, aber das glückliche Funkeln darin war verschwunden.

Alexandras Herz krampfte sich schmerzvoll zusammen. Hatte sie es nun ruiniert? Mit zittriger Stimme machte sie einen weiteren Erklärungsversuch: „Ich mache das gern und voller Überzeugung, aber ich möchte auch meine Träume leben. Ich bin immer noch am Überlegen, ob ich deinem Vorschlag folgen und mein Studium wieder aufnehmen soll oder doch mein Glück als Autorin versuche. Wie sollte das mit einem Baby gehen?"

„Das käme zumindest auf einen Versuch an."

Alexandra griff nach seiner Hand, doch er entzog sie ihr. „Christian, versteh mich doch. Wenn wir ein Kind in die Welt setzen, dann braucht es uns und zwar nicht nur dann, wenn wir gerade Lust haben, uns um es zu kümmern. Ich bin momentan nicht bereit dazu. Vielleicht ändert sich meine Meinung, aber momentan ist das ja auch gar keine Option. Außerdem sollten du und Chloé erst einmal geschieden sein. Kinder kann man auch noch mit vierzig bekommen, wenn man dazu bereit ist."

Christian schwieg und spielte mit dem Korken, den er immer noch in der Hand hielt. Die Sekunden wurden zu Minuten und in Alexandras Magen bildete sich ein harter Knoten.

„Christian?", fragte sie leise.

„Ich verstehe schon", murmelte er und versuchte vergeblich ein Grinsen. „Aber ich muss das mal verdauen. Lass mir einfach ein bisschen Zeit."

Er nahm die Weinflasche und den Korb mit den Bierflaschen und verließ die Küche.

„Scheiße!" Alexandra schlug mit der flachen Hand auf die Arbeitsplatte.

11

Wow, was für ein Prachtexemplar von Mann, das lachend auf sie zukam. Pias Herz schlug schneller und ihr Puls begann wie üblich zu rasen, wenn Alexander in der Nähe war. Sie strich sanft über ihren Bauch und sprach mit dem Ungeborenen: „Du hast dir schon einen besonders gutaussehenden Vater ausgesucht."

Alexander kam durch das Gartentor, betrat lächelnd die Terrasse und streifte seine Joggingschuhe ab.

„Hey." Er beugte sich zu ihr und küsste sie. „Schön war's."

„Och, mir gefällt es hier auch gut." Pia lächelte.

„Na ja, bisschen Bewegung täte euch beiden auch gut." Alexander betrachtete sie kritisch. „Du bist stinkfaul."

„Ha, trag du mal dreizehn Kilo mehr mit dir rum." Pia wehrte sich entrüstet.

„Wenn ich mir überlege, dass der Zwerg da drin höchstens drei Kilo hat, wenn er das Licht der Welt erblickt, frage ich mich schon, wo die restlichen zehn Kilo herkommen." Alexander lachte sie jetzt auch noch aus, tröstete sie dann aber mit einem weiteren Kuss. „Du bist schon recht so, mein Schatz."

„Du hast schließlich auch ein paar Kilo zugelegt." Pia tat so, als sei sie beleidigt.

„Stimmt, schließlich sind wir beide schwanger. Hast du eigentlich eine Ahnung, was gestern plötzlich mit Christian los war?"

Pia hievte sich im Liegestuhl in eine sitzende Position und schirmte ihre Augen gegen die Sonne ab.

„Hattest du auch den Eindruck, als wären plötzlich dunkle Wolken aufgezogen?" Pia nagte an der Innenseite ihrer Lippen. „Vielleicht haben sie sich das erste Mal gezofft. Der erste Streit hat mich ja auch ziemlich aus den Latschen gekippt."

„Nur, weil du unbedingt diese dämlichen Glasbausteine im Bad durchsetzen musstest. Ich verstehe übrigens bis heute nicht, was das sollte?" Alexander ließ sich neben Pia auf den Boden nieder.

„Es wäre sehr schick gewesen."

„Genau und *dein Schick* hätte tausend Euro mehr gekostet. Das Geld ist deutlich besser in einem Kinderzimmer angelegt." Er legte seine Hand auf ihren Bauch und Pias Nervenenden begannen zu kribbeln, wie immer, wenn er sie berührte. Sie bedeckte seine Hand mit ihrer und betrachtete die feinen blonden Härchen auf seinen Unterarmen. Sie mochte einfach alles an Alexander, seine langen lockigen Haare, die wie üblich zum Pferdeschwanz gebunden waren, seinen trainierten Körper, die gepflegten Hände, die das Baby durch die Bauchdecke hindurch streichelten.

Je länger er seine Kreise zog, desto erregter wurde Pia. Sie hielt seine Hand fest und sah ihm in die Augen.

„Du machst mich ganz wuschig."

„Ach, echt?" Alexander lachte und entzog sich ihrem Griff, aber dieses Mal, um ihren Kopf zu sich herzuziehen und sie zu küssen. „Ich springe jetzt mal unter die Dusche und dann könnten wir ja ein kleines Schäferstündchen einlegen."

„Ja klar. Mit einem zehnjährigen Bruder im Nebenzimmer, der unterhalten werden will. Es ist Sonntag, Alex, du hast Tobi versprochen, mit ihm nachher Rad zu fahren."

„Pia, schläfst du?"

Pia riss die Augen auf und blinzelte. Vor ihr stand Alexandra und sah alles andere als glücklich aus. Oh-oh, das sah nach tiefergehenden Problemen aus.

„Jetzt schlafe ich nicht mehr. Lexi, was ist los? Bist du allein?", fragte sie und schaute sich um.

„Alex und Tobi haben bei uns geklingelt. Daniel war natürlich begeistert und jetzt sind sie alle mit Christian Richtung Minigolfplatz unterwegs." Alexandra presste ihre Finger auf die Augen.

„Ich nehme an, Nathalie ist bei Jan und jetzt hast du Langeweile. Warum nutzt du nicht die Gelegenheit, um zu schreiben?"

„Ich wollte etwas mit dir bereden. Hast du ein Ohr für mich?" Alexandra ließ sich niedergeschlagen auf den zweiten Liegestuhl neben Pia sinken.

„Was ist passiert, Lexi?" Pia rechnete mit dem Schlimmsten.

„Christian hat mir gestern einen Heiratsantrag gemacht." Alexandras Gesicht wirkte noch unglücklicher.

„*Häää?* Und da sitzt du hier und machst ein Gesicht wie sieben Tage Regenwetter. Das hast du dir doch immer gewünscht."

„Ja, aber Christian möchte ein Kind." Alexandra schloss die Augen und atmete mehrmals tief ein und aus. „Pia, ich bin … ich bin nicht bereit für ein Kind. Jedenfalls jetzt noch nicht. Ich kümmere mich seit sechs Jahren wie eine Mutter um Nathalie und Daniel. So langsam bekomme ich mehr Freiheiten und das genieße ich. Ich will nicht schon wieder durch ein Baby alles hintanstellen."

„Oh. Ich vermute mal, dass du genau das Christian gesagt hast." Pia seufzte.

Alexandra nickte und rieb sich ihre Arme, als fröstele sie in der prallen Sonne. „Er hat es natürlich in den falschen Hals bekommen und meint, ich will ihn gar nicht heiraten. Dabei ist er ja noch nicht mal geschieden." Alexandras Stimme nahm einen vorwurfsvollen Tonfall an. „Ich stelle unsere Beziehung doch gar nicht in Frage. Er hat mich total überfahren und das war gestern auch überhaupt nicht der Rahmen, das zu diskutieren. Und heute hat er auf stur geschaltet, ich komme nicht an ihn ran."

„Christian kriegt sich schon wieder ein. Wichtig ist erst mal, dass du dir klar wirst, was du wirklich willst. Mir scheint, du schwankst ziemlich, ob oder ob nicht."

Pia setzte sich auf. „Ich habe Durst. Möchtest du auch was trinken?"

Alexandra nickte und folgte Pia in die Küche. „Ich habe furchtbare Angst, dass ich ihn jetzt wieder verliere. Kannst du das verstehen, Pia?"

Pia holte eine Flasche Wasser aus dem Kühlschrank und musterte Alexandra gründlich. Die Sorge stand ihr in den Augen, ihre Schultern wirkten eingefallen und sie zuppelte an den Fingernägeln. „Sprich noch mal mit ihm, Lexi. Versuch es Christian genau so zu erklären, wie du es mir erklärt hast. Ich bin sicher, er wird es verstehen, wenn er eine Weile darüber nachgedacht hat."

„Was, wenn nicht?"

„Tja, dann wäre es auch nichts auf Dauer gewesen, dann hätte das nächste Missverständnis zum GAU geführt. Mein Gott, Christian war sechs Jahre weg. Er muss damit leben, dass du dich verändert hast, so wie auch er sich verändert hat." Pias Augen blitzen kampfbereit. „Lexi, komm schon. Wir lassen uns nicht unterkriegen, schließlich haben wir auch unseren Standpunkt. Christian hat nur einen Schlag einstecken müssen, kein K. o. Ich bin sicher, er steht wieder auf. Er liebt dich doch von ganzem Herzen."

Tabea lenkte ihr Auto auf den Parkplatz bei der Lothenbachklamm. Sie streckte sich nach vorn und schaltete ihr Navi aus. Knappe zwei Stunden war sie unterwegs gewesen, doch die Fahrt hatte sie durch eine reizvolle Landschaft geführt, in der sie bisher nicht gewesen war. Einmal im Monat unternahm sie einen Ausflug. Dieses Mal stand die Wutachschlucht auf ihrem Programm, von der sie in der Zeitung gelesen hatte.

Sie nahm den Ausflugsführer vom Beifahrersitz und las nochmals die Route nach, die sie nun wandern wollte. Sie hatte vor, von der Lothenbachklamm ausgehend, eine Rundwanderung durch die Wutachklamm bis nach Boll zu schaffen und über den Panoramaweg zurückzulaufen. Sicherheitshalber steckte sie noch den Busfahrplan ein, bevor sie ausstieg, ihre Sneakers gegen Wanderstiefel tauschte und ihre Verpflegung und Ausrüstung noch einmal inspizierte. Sicher war sicher.

Kurze Zeit später hatte sie schon den Einstieg zur Lothenbachklamm, einem Seitenarm der Wutachschlucht, gemeistert. Der schmale Weg führte über Stege und Pfade stetig bergab und durch eine faszinierende Welt von seltenen Pflanzen, die nur hier vertreten waren und wie sie nachgelesen hatte, rund fünfhundert Schmetterlingsarten. Einige der Falter entdeckte sie an den Blüten, andere flatterten auf, wenn sie sich ihrer Nahrungsquelle näherte. Immer wieder musste sie stehenbleiben, um sich von den Bäumen herunterfallende Wassertropfen vom Gesicht zu wischen.

Im Wald roch es unvergleichlich frisch nach Holz, Blättern, feuchter Erde und weichem Moos, über das sie fast schon federnd dahinschwebte. Die Luft, gemischt mit dem Tau und der Gischt der Wasserfälle, die sie passierte, regte ihre Sinne an. Sie genoss die friedliche

Stimmung, allein mit sich und der Natur und spürte die Wirkung, die auch ihre Seele zu berühren schien. Immer wieder hielt sie inne, um Bilder zu machen, eine Maus zu beobachten, die über den Weg huschte und im Dickicht verschwand, um den Vögeln zu lauschen und die Blütenvielfalt der Orchideenpflanzen zu bewundern. Mitten im Wald entdeckte sie einen abgestorbenen Baumstamm, der über und über mit Moos bewachsen war und aussah wie ein Krokodil, das eben der Wutach entstiegen war. Verzückt beobachtete sie einen Grünspecht, der nach Nahrung suchend im Laub wühlte, wie sie es eigentlich nur von Amseln kannte. Ein paar hundert Meter weiter entdeckte sie eine Wasseramsel. Sie setzte sich auf einen Baumstumpf und sah zu, wie der schiefergraue Vogel mit der markanten weißen Kehle unter Wasser auf Beutefang ging. Schon nach anderthalb Stunden war die erste Speicherkarte voll.

Nach einer weiteren Stunde war sie nur zwei Wanderern begegnet, ansonsten war sie mitten in dieser wunderbaren Landschaft allein mit sich und ihren Gedanken.

> Es ist sehr wertvoll, wenn man erkennt,
> dass man mit sich selbst allein sein kann,
> ohne einsam zu sein.

Der Satz, den ihre Mutter so nachdrücklich gesagt hatte, ging ihr ständig durch den Kopf. Sie hatte es genossen, gestern mit Chloé, Pia und Lexi und all den anderen

Freunden einen fröhlichen Abend zu verbringen, aber genauso genoss sie es heute, nur für sich zu sein und nachzudenken.

Noch immer hatte sie keine zündende Idee gehabt, wie sie ohne Pias Mitarbeit das Fotostudio und die Außentermine unter einen Hut bringen sollte. Einerseits hatte Pia das jahrelang geschafft. Andererseits war die Auftragslage schon Ende des letzten Jahres so angestiegen, dass ihr Pia den Vorschlag unterbreitet hatte, ins Fotostudio mit einzusteigen.

Es halfen alle Abwägungen nichts, ihr würde nichts anderes übrig bleiben, als die Außentermine und die Öffnungszeiten jeweils auf drei getrennte Tage zu legen. Zwar würde das den einen oder anderen Kunden bestimmt verärgern, aber zweiteilen konnte sie sich nun mal nicht.

Tabea war inzwischen auf einer großräumigen Lichtung angekommen und beschloss, eine Pause einzulegen. Am Waldrand schräg gegenüber erspähte sie eine Sitzgelegenheit und strebte darauf zu. Mehrfach hörte sie den Schrei eines Greifvogels und als sie an der Bank angelangt war, sich mit einer Flasche Wasser erfrischt und ein belegtes Brötchen aus ihrem Rucksack geholt hatte, suchte sie den Himmel nach dem Raubvogel ab.

Schon bald hatte sie ihn entdeckt – ihn und den schwerfälligen Reiher, den er verfolgte. Immer wieder schoss der Räuber nach oben, um in einem halsbrecherischen Sturzflug auf den Reiher hinabzustoßen, dem er seine Beute abjagen wollte. Doch der Reiher wollte sich nicht geschlagen geben und drehte immer wieder ab, der Beutefisch im Schnabel glitzerte in der Sonne. Tabea legte das Brötchen weg und freute sich, dass sie noch das Zoomobjektiv montiert hatte. Innerhalb weniger Minuten gelangen ihr eindrucksvolle Aufnahmen, die auch den Moment zeigten, in dem der Reiher klein beigegeben und dem Räuber den Fisch überlassen hatte. Wie sie erkannt hatte, war der Raubvogel war ein Schwarzmilan gewesen, bei den Nahaufnahmen hatte sie die sechs Finger am Flügel gezählt.

Sie würde von den heutigen Naturaufnahmen ein Album erstellen und im Fotostudio auslegen. Das war eine Abwechslung zu den Kinderporträts und Familienbildern.

Ob Till mit ihr einen solchen Ausflug gemacht hätte?, fragte sie sich plötzlich, als ein junges Pärchen vorbeispazierte. Gut möglich, schließlich hatte er aufgrund seines Berufes auch ein besonderes Auge für die Natur und die Menschen.

Er hatte ihr interessiert zugehört, wenn sie ihm von ihren Aufträgen erzählt hatte, selbst hatte er jedoch sehr wenig erzählt. Erst jetzt fiel ihr auf, wie spärlich er mit den Informationen über seine bisherigen Filmprojekte gewesen war. Sie wusste nur, er war immer mal wieder monatelang mit dem Team unterwegs. Viel gesprächiger war er gewesen, wenn es darum ging, einen neuen Billardstoß zu testen oder darauf zu hoffen, dass er sie eines Tages genau darin schlagen würde.

„Träum weiter", hatte sie ihm regelmäßig zugerufen und mit dem nächsten Stoß genau die richtige Kugel versenkt. Er hatte keine Chance gegen sie gehabt, dennoch hatte er jede Niederlage mit Humor genommen.

Ja, sie hatten viel miteinander gelacht und über Blenden und Einstellungen gefachsimpelt, aber je mehr sie darüber nachdachte, erkannte sie, dass sie rein gar nichts von ihm wusste. Wo war er aufgewachsen? Wo lebten seine Eltern, wenn sie überhaupt noch lebten? Hatte er Geschwister?

Das alles war kein Thema gewesen. Stattdessen hatte er sich nach ihrer Familie erkundigt und sie hatte ihm bereitwillig alles erzählt.

Komisch, dass er ihr so gar nicht aus dem Kopf ging. Eigentlich müsste sie die Liaison mit ihm längst abhaken, wo er sich doch kaum meldete. Und trotzdem schlich er sich immer wieder in ihre Gedanken.

Dafür merkte sie auch, wie sie zu Jörn auf Abstand ging. Die Wunde begann sich langsam zu schließen, doch die Heilung würde noch dauern und es würde auf ewig eine Narbe bleiben. Aber so eine Narbe konnte auch etwas Gutes sein, denn in ihr wurden die Erinnerungen geborgen. Und die konnte sie dann jederzeit abrufen, und irgendwann würden die Erinnerungen auch nicht mehr schmerzen, sondern wärmende und erfüllende Gedanken an einen anderen Lebensabschnitt bedeuten.

Tränen stiegen Tabea in die Augen, als ihr bewusst wurde, dass sie sich aktiv mit der Verarbeitung beschäftigte. Und hier in der ursprünglichen Natur, allein mit sich selbst, war sie zum ersten Mal sicher, dass sie irgendwann wieder bereit sein würde, die Liebe zuzulassen.

Alexandra lag im Bett und konnte nicht schlafen. Sie hatte sich abends mit Christian aussprechen wollen, doch er war zu einem Notfall ins Krankenhaus gerufen worden. Ihre Gedanken kamen einfach nicht zur Ruhe. War es so schwer, zu verstehen, dass sie nicht schon wieder so eine schwerwiegende Entscheidung treffen wollte.

War sie egoistisch, weil sie ihre eigene Wünsche vor Christians stellte? Sie war glücklich mit Christian und sie sah sich mit ihm und ihren Geschwistern ja auch schon als Familie an. Ein Baby mit ihm zu bekommen wäre ein Traum! Ein Traum, den jede Frau träumte – ein Kind mit dem Mann zu haben, den man liebte. Aber eben nicht, wenn man mit zweiundzwanzig Jahren seine eigenen Pläne und Träume hatte begraben müssen, weil man nach dem Tod der Eltern für die jüngeren Geschwister verantwortlich war.

Und wieder erschien ein großes *NEIN* vor ihrem Auge. Nein, jetzt wo Nathalie fast selbstständig war und Tobias auch nicht mehr so viel Unterstützung brauchte, war es an der Zeit, durchzuatmen und sich um ihre eigenen Bedürfnisse zu kümmern. Sie wälzte sich auf die andere Seite.

„Du schläfst ja gar nicht."

Alexandra zuckte zusammen, als Christian zu ihr ins Bett schlüpfte. Weder hatte sie ihn kommen hören, noch gemerkt, dass er das Schlafzimmer betreten hatte.

„Mir geht so viel im Kopf herum."

„Mir auch." Christian rutschte näher und zog Alexandra in seine Arme.

Erleichtert atmete sie auf. Wenigstens redete er wieder mit ihr, nachdem er nach der Rückkehr von der Fahrradtour immer noch ziemlich einsilbige Antworten gegeben hatte. Sie drehte sich in seinen Armen um und sah ihm in die Augen.

„Es tut mir furchtbar leid. Ich liebe dich, Christian, und ich möchte wirklich nichts lieber, als deine Frau werden. Aber können wir das Thema Kind vielleicht lieber noch ein paar Jahre nach hinten schieben, ich bin ja noch nicht mal dreißig."

„Genau diesen Vorschlag wollte ich dir auch gerade machen. Es tut mir leid, Lexi. Ich bin einfach der Typ, der alles will. Ich habe dir versprochen, mich zu ändern und mehr auf deine Wünsche einzugehen. Manchmal kann ich einfach nicht aus meiner Haut. Es hat wirklich weh getan, so ein klares Nein von dir zu bekommen."

„Ich verstehe mich ja selbst nicht. Einerseits wollte ich immer Kinder mit dir, andererseits möchte ich jetzt die Zeit mit dir genießen." Alexandra stützte sich auf den Ellbogen und malte kleine Kreise auf seine nackte Brust. „Ich merke, wie ich richtig aufatme, seit du mir hilfst, für Daniel und Nathalie zu sorgen. Der Berg der Verantwortung ist nicht mehr ganz so gewaltig und etwas überschaubarer."

„Ich hatte beim Radfahren ganz viel Zeit nachzudenken. Ich bewundere es, wie du das all die Jahre gestemmt hast und erst in den Monaten, die ich nun mit dir lebe, beginne ich zu verstehen, was du geleistet hast."

Alexandra konnte nicht anders, sie umrahmte sein Gesicht mit ihren Händen und küsste ihn lange. Der Schatten, der sich gestern Mittag auf ihr Herz gelegt hatte, löste sich auf und an seine Stelle trat Leidenschaft, die Christian weiter anstachelte, indem er ihr T-Shirt nach oben schob und mit den Fingern über ihre Brust glitt. Schon stand sie in Flammen.

„Ich liebe dich, Lexi. Wir werden es schon irgendwie schaffen", murmelte Christian und zog ihr das T-Shirt über den Kopf.

Alexandra kicherte befreit und rückte näher an ihn. Ja, sie würden es ganz bestimmt schaffen, denn die Liebe und die Leidenschaft, die sie füreinander empfanden, konnte ihnen niemand mehr nehmen. Und alles andere würde sich auf die eine oder andere Art fügen.

12

Irgendetwas fehlte, irgendein Akzent, der das Tüpfelchen auf dem *i* war und diesem Raum, den einzigartigen Touch verlieh, den er verdiente.

Tabea kniff die Augen zusammen, blickte noch einmal durch den Sucher und schüttelte den Kopf. „Vanessa, rücke mal bitte die Gläser noch etwas nach vorn."

Vanessa, die sich im Hintergrund gehalten hatte, tat sofort, was Tabea ihr geheißen hatte und Tabea konnte sich ein Grinsen nicht verkneifen. Die Kleine war mit Feuereifer bei der Sache und stellte sich sogar ziemlich geschickt an. In den ersten Tagen hatte Vanessa ihr Löcher in den Bauch gefragt, doch sie hatte sofort gemerkt, dass sie ehrlich interessiert war.

„So?", fragte Vanessa und schaute sich ihr Werk kritisch an.

Tabea schüttelte den Kopf. „Nee, lass mich kurz überlegen."

„Ich finde ja, irgendetwas fehlt", meinte Vanessa und blickte sich suchend im Verkostungsraum um. „Kann ich mal sehen, wie der Bildausschnitt wäre?"

„Klar, komm her." Tabea trat zur Seite und Vanessa

presste ihre Nase an die Kamera, dann machte sie wieder einen Schritt zurück. „Also das sieht toll aus. Es hat sich gelohnt, dass wir ein paar Flaschen aus dem Regal geräumt haben und nicht alles so vollgestopft aussieht. Das Licht stimmt auch und auf dem Tisch sieht alles sauber aus. Die Gläser glitzern sogar."

Tabea folgte ihrem Blick: Links und rechts die Weinregale, vor ihnen der festlich gedeckte Tisch, im Hintergrund die Wand mit den Klinkersteinen, alles wirkte harmonisch. Tabea nickte und wechselte die Seite. „Es sieht trotzdem langweilig aus."

„Ich weiß ja, du wolltest es nicht, aber sollen wir nicht doch etwas Wein in die Gläser gießen? Oma hat bestimmt nichts dagegen. Warte mal, ich hole kurz vom Verkaufsraum die Proben." Weg war sie, bevor Tabea widersprechen konnte.

„Hier." Der Wirbelwind war zurück. Vanessa stellte drei Flaschen auf den Tisch. Gekonnt schenkte sie erst Rotwein, dann Weißwein in die dafür vorgesehenen Gläser.

„Man merkt, dass du auf einem Weingut aufwächst." Tabea schob sich das Haar aus der Stirn und sah den Tisch prüfend an. *Gar nicht so schlecht.*

„Jetzt noch der Rosé und dann die Flaschen im Hintergrund." Bevor Tabea helfen konnte, hatte Vanessa den Korkenzieher in die Flasche gedreht, dann klemmte sie sich die Flasche zwischen die Knie und holte den Korken mit einem Schwung heraus.

„Plopp", grinste die Kleine und Tabea lachte: „Man könnte meinen, du machst das jeden Tag."

Jetzt standen drei halbgefüllte Gläser auf dem Tisch, dahinter die jeweils zugehörigen Flaschen und trotzdem war Tabea nicht zufrieden, dennoch drückte sie mehrfach auf den Auslöser.

„Warte mal, jetzt weiß ich, was fehlt." Wieder verschwand Vanessa und kam kurze Zeit später mit einer Schale voller Weintrauben wieder. Obendrauf lag ein Baguette und Tabea begriff sofort.

„Vanessa, das ist genial."

Gemeinsam arrangierten sie die gefüllten Gläser neu, drapierten die dunkle Traube links und das Baguette rechts davon. In die Mitte legte Vanessa noch zwei einzelne Beeren und kleine Stückchen Weißbrot.

„Voilà!" Vanessa deutete mit einer ausladenden Handbewegung auf ihr Werk und strahlte über das ganze Gesicht. „Jetzt kannst du Aufnahmen vom Raum machen und das Ganze noch heranzoomen."

„Kann ich dich irgendwie anmieten?", fragte Tabea und warf erleichtert ihren Kopf in den Nacken.

„Weiß nicht, musst du mal meinen Vater fragen." Vanessa wirkt plötzlich etwas verlegen.

„Das mache ich. Du ...", Tabea zeigte mit dem Finger auf sie, „bist ein Genie."

„Quatsch!" Vanessa errötete und sah dabei so niedlich aus, dass Tabea blitzschnell mehrere Aufnahmen von dem Mädchen machte.

„Doch. Dafür gibt es nachher eine Stunde Klavierunterricht gratis."

„Echt?" Vanessas Augen leuchteten auf und sie deutete mit der Hand zum Flügel auf der anderen Seite des

Raumes. „Wir können ja heute gleich hier spielen."

Tabea nickte. „Machen wir, aber jetzt sollten wir vorwärtskommen, wir haben noch eine Menge vor."

In der nächsten Stunde hallte Gelächter durch den Raum. Immer wieder wies Tabea Vanessa an, Änderungen am Arrangement vorzunehmen. Schließlich machte sie die letzten Aufnahmen und nahm den Fotoapparat vom Stativ. Vanessa, die inzwischen sehr gut wusste, was zu tun war, baute das Stativ, das Dauerlicht und die Reflektoren ab und legte alles zum Abkühlen auf den Transportkoffer.

„Schade, dass das heute dein letzter Tag hier war", murmelte Vanessa und Tabea hörte deutlich die Enttäuschung heraus. Sie legte den Arm um die Schultern des Mädchens.

„Hey, das heißt doch nicht, dass wir uns gar nicht mehr sehen. Entweder wir treffen uns einfach ab und zu hier oder du kommst mich zu Hause besuchen. Ich habe ja auch ein Klavier."

Vanessas Gesicht hellte sich etwas auf. „Echt? Das wäre toll."

„Ich muss mal deinen Vater fragen. Wenn du Lust hast, könntest du mir im Fotostudio auch ab und zu zur Hand gehen. Meine Partnerin bekommt in drei Monaten ein Baby. Gegen einen fairen Aushilfslohn natürlich und nur, wenn dein Vater nichts dagegen hat", dämpfte Tabea Vanessas Begeisterung, die schon vor Freude leuchtende Augen bekam.

„Oh – oh, den bekomme ich schon rum. Lass mich mal nur machen", strahlte diese über das ganze Gesicht und räumte die verschlossenen Flaschen ordentlich ins Regal zurück. Tabea wunderte sich, wie die Kleine sich hatte merken können, aus welchem Fach sie diese entnommen hatten, aber man merkte Vanessa an, dass sie sich hier wie zu Hause fühlte.

„Ich bringe schnell die Fototasche ins Auto, dann können wir anfangen", meinte Tabea und deutete mit einem Kopfnicken Richtung Flügel.

Vanessa klemmte sich die geöffneten Flaschen unter den Arm, nahm die Schale mit den Trauben und brachte alles in den Verkaufsraum zurück.

Zehn Minuten später saßen beide nebeneinander auf dem Klavierhocker und Tabea spielte mit der rechten Hand die Melodie, die sie in den letzten Unterrichtseinheiten gemeinsam eingeübt hatten. Vanessa spielte die Harmonie mit der linken Hand.

„Wow!", Tabea hielt schon nach ein paar Takten inne. „Die Akustik hier ist einmalig."

„Ahm." Vanessa spielte einfach weiter und während Tabea wieder in den Rhythmus einfiel, beobachtete sie Vanessa. Wie immer, wenn sie sich konzentrierte, lugte ihre Zungenspitze zwischen den Lippen hervor. Sie war alles andere als schwierig oder zickig. Eher verschlossen, aber wenn man sie geknackt hatte, dann offenbarte sich ein liebenswertes, witziges Mädchen, das einsam war und darunter litt, dass ihre Mutter kein Interesse an ihr hatte. Mehrere beiläufige Bemerkungen hatten Tabea aufhorchen lassen und Tabea hatte sich schon überlegt, ob sie Sven gegenüber eine Andeutung fallenlassen sollte, hatte sich aber bisher dagegen entschieden.

Kaum hatte Sven den Verkaufsraum betreten, hörte er die Klavierklänge, die wie eine dezente Untermalung wirkten, aber keineswegs aus den Lautsprechern kommen konnten. Er grüßte links und rechts und folgte den Klängen. Am Durchgang zum Verkostungsraum blieb er wie angewurzelt stehen und betrachtete das Bild, das sich ihm bot.

Vanessa saß neben Tabea am Flügel, die beiden beendeten die Melodie und wandten sich einander lachend zu. Tabea legte den Arm um Vanessa und drückte sie an sich.

Svens Herz krampfte sich schmerzhaft zusammen. Genau dieses Bild hatte er sich früher immer ausgemalt: Vanessa mit ihrer Mutter am Flügel sitzend und in das Klavierspiel vertieft.

Doch dies hier war Tabea und keinesfalls Daniela, die er in diesem Moment wieder besonders deutlich vermisste. Seit dem letzten, sehr schlimmen Streit, ausgelöst durch Vanessas Ankündigung, sie wolle lieber bei ihm leben, hatten weder er noch Vanessa etwas von Daniela gehört. Die Scheidung war immer noch nicht ausgesprochen, da Daniela die Papiere nicht zurückschickte und auch nicht auf Mitteilungen reagierte. Er wusste, wie sehr Vanessa unter dieser Situation litt, dass sie sogar sich die Schuld für das endgültige Zerwürfnis der Eltern gab und wie sehr sie dennoch ihre Mutter vermisste.

Er lehnte sich an den geklinkerten Torbogen, lockerte seinen krampfhaft angespannten Kiefer und fühlte die kalten Steine durch sein T-Shirt. Er schob die Hände in die Hosentaschen. Die beiden hatten ihn nicht bemerkt und so konnte er heimlich der Unterhaltung lauschen.

„Das klappt doch prima", lobte Tabea.

Vanessa rutschte aufgeregt auf dem Hocker herum. „Kann ich nochmal Hopeless Summer probieren?"

„Klar." Tabea stand auf und trat zur Seite. Sie entdeckte ihn, doch er legte den Zeigefinger auf die Lippen und schüttelte den Kopf. Tabea verstand sofort. Sie lauschten den behutsamen Klavierklängen, die nach den ersten Takten deutlich sicherer und lauter wurden. Vanessas Finger tanzten mit halsbrecherischer Geschwindigkeit über die Tasten. Ihr linker Fuß wippte im Takt, ihr rechter bediente gekonnt das Pedal, ihr ganzer Körper schien im Rhythmus mitzuschwingen.

Seine Tochter zelebrierte das Stück mit schlafwandlerischer Sicherheit, die darauf schließen ließ, dass sie Stunden am Flügel verbracht hatte, diese wunderbare Melodie nachzuspielen. *Hopeless Summer von Xseera*.

Den Video Clip hatte er sich mehrfach angesehen und immer wieder aufs Neue gestaunt. Die Künstlerin, der man nachsagte, dass sie aus dem Norden Englands kam, war ein Phantom. Sie war wie eine der dunklen, mysteriösen Gothic-Frauen in einen schwarzen Mantel gehüllt, die Kapuze weit ins Gesicht ragend. Man konnte weder die Gesichtszüge noch die Augen erkennen, nur die schwarzen, langen Haare, blitzten ab und an hervor.

Die Kameraführung war in jedem Clip so gewählt, dass man keine Chance hatte, einen Blick auf ihr Antlitz zu erhaschen. Alle Recherchen im Netz hatten ergeben, dass kein Mensch wirklich wusste, woher Xseera kam und wer hinter diesen wundervollen Melodien und dieser grandiosen Stimme steckte.

Lisa, mit der er inzwischen mehrfach telefoniert hatte, hatte er für diesen cleveren Marketingtrick schon gelobt, doch auch ihr waren keinerlei Details zu entlocken gewesen. Dies hätte ihn auch sehr gewundert, trotzdem hatte er nichts unversucht gelassen und es schließlich akzeptiert. Doch genau dies schien den Reiz dieser Musik noch etwas zu erhöhen, die alle Generationen gleichermaßen anzusprechen schien.

Vanessa ließ ihren Vortrag mit einem ausgelassenen Glissando enden und Sven begann automatisch Beifall zu klatschen. Er sah, wie sie zusammenzuckte und auf dem Hocker zu ihm herumfuhr, dann wie ihr Gesicht fahl wurde und das schlechte Gewissen in ihren Augen aufglomm. Zögernd stand sie auf und trat zu Tabea, wie um Schutz zu suchen.

Er wusste genau warum. Sven stieß sich von der Wand ab und ging auf die beiden zu. Tabea legte die Hände auf Vanessas Schultern, signalisiert seiner Tochter somit Unterstützung, doch die war gar nicht nötig.

Er blieb vor Vanessa stehen und wartete, bis sie ihren Blick trotzig zum ihm erhoben hatte, dann verzog er den Mund zu einem breiten Grinsen. Sein ganzer Brustkorb schwoll voller Stolz an, weil ihm klar wurde, dass sich Vanessa zwar über sein Verbot hinweggesetzt hatte, aber ein Talent zeigte, wie er es sich in seinen kühnsten Träumen nicht ausgemalt hätte.

„Vanessa, das war großartig", war alles, was er zu ihr sagte und seine Tochter riss überrascht die Augen auf.

„Echt?", fragte sie leise.

„Echt!" Er schüttelte den Kopf. „Hast du dir das alles allein beigebracht?"

„Tabea hat mir geholfen", brachte sie stockend heraus.

„Na ja, das meiste konnte sie schon. Bisschen falsche Technik, aber nichts, was nicht zu korrigieren wäre", half Tabea nach und stimmte Sven mit einem bittenden Blick noch milder. Doch er hatte gar nicht vor, Vanessa auszuschimpfen, viel zu sehr war er von diesem Können fasziniert.

„Möchtest du vielleicht jetzt, dass ich dich in der Musikschule anmelde?", fragte er und strich zögernd über Vanessas Oberarm. Anschließend konnte er gar nicht so schnell reagieren, wie Vanessa in seine Arme hüpfte.

„Darf ich, echt?" Immer noch wirkte sie unsicher.

„Es wäre eine Schande, wenn wir dieses Talent verkümmern ließen", versuchte er einen Scherz und wie erhofft, halfen ihr seine Worte, endlich zu lächeln. Auch auf Tabeas Gesicht breitete sich ein strahlendes Lächeln aus und er hatte das Gefühl, als würde in seinem Inneren die Sonne aufgehen.

„Du bist nicht böse?", fragte Vanessa.

„Hmmm, wenn ich ehrlich bin, schon ein wenig. Aber Vanessa, manchmal muss man einfach hartnäckig sein und für eine Sache kämpfen, wenn sie einem wichtig ist. Und das scheint dir sehr wichtig zu sein." Er dachte an die endlosen Diskussionen über ihren Wunsch, Klavier zu spielen und wie sie schließlich verstummt war, weil er nicht bereit war, nachzugeben. Schon einmal hatte er erleben müssen, wie eine Person an ihren Träumen zerbrach. Nach einem halben Jahr trotziger Gegenreaktionen war er eingeknickt und hatte ihr vorgeschlagen, sie anzumelden, aber da wollte sie schon nicht mehr. Vermutlich hatte sie da schon angefangen, heimlich auf dem Schloss zu üben. Er würde seine Mutter fragen. Jetzt aber drückte er seine Tochter an sich.

„Vani", benutzte er ihren Kosenamen, mit dem sie eigentlich nicht mehr angeredet werden wollte, „ich möchte mich entschuldigen. Ich ahnte wirklich nicht, dass dir das so wichtig ist."

„Ich bin nicht Mama", murmelte Vanessa und sah mit Tränen in den Augen zu ihm auf.

„Nein", er schluckte und drückte sie nochmals an sich. „Ich melde dich morgen gleich an."

Vanessa strahlte ihn an und wandte sich dann an Tabea. „Dann kann ich dir vermutlich demnächst was beibringen."

Tabea lachte auf und gab Vanessa einen Nasenstüber. „Nicht übermütig werden, junge Frau."

Alle drei lachten nun befreit auf und Sven bedankte sich mit einem Lächeln bei Tabea, die ihn auch ohne Worte verstand.

„Was machst du eigentlich hier, Papa?", fragte Vanessa

und klappte sorgfältig den Deckel des Flügels zu.

„Ich wollte dich zum Training abholen."

„Ach herrje", Vanessa sah erschreckt auf die Uhr. „Ist es schon so spät?"

Sven beruhigte sie und wandte sich an Tabea. „Vanessa muss zum Basketball-Training nach Ludwigsburg und die Verbindung ist so furchtbar, dass ich sie lieber fahre."

„Hast du eigentlich die Karten bekommen?", fragte Vanessa. Ihr Vater nickte und ein begeistertes „Yeah!", war ihre Antwort.

„Allerdings kann Opa nicht mit, das habe ich aber erst gerade erfahren", Sven zuckte mit den Schultern.

Vanessa runzelte die Stirn, dann wandte sie sich an Tabea. „Willst du vielleicht nächste Woche am Samstag mit uns zum Basketball-Spiel von Ludwigsburg, die sind sogar in der Bundesliga?"

„Vanessa, ich glaube nicht, das Tabea Zeit hat", grätschte Sven dazwischen und dachte an die mehrfachen Ablehnungen von Tabea, wenn er versucht hatte, sie einzuladen.

„Doch, ich habe da nichts vor und würde gern mitkommen", meinte Tabea zu seiner Überraschung und er konnte gerade noch verhindern, dass seine Freude zu offensichtlich wurde.

„Ja, dann ..." Sven zögerte. „Wir freuen uns, wenn du uns begleitest, nicht wahr, Vanessa?"

Diese nickte begeistert.

„Jetzt sollten wir aber." Sven riss sich vom Anblick der beiden los.

„Ich muss dann auch." Tabea lächelte und nahm den

Rollkoffer mit dem Fotozubehör, der neben dem Flügel stand.

Sven nahm ihn ihr ab und schaute sich prüfend um. "Kann ich noch was tragen?"

"Nein, danke. Wir haben vorhin schon alles eingeladen. Deine Tochter war mir hier in den Tagen eine große Hilfe. Ich wollte dich fragen, ob du etwas dagegen hättest, wenn sie mir ab und zu mal bei den Fototerminen zur Hand geht?"

"Ähm, nein." Erstaunt sah er den beiden nach, die nun einträchtig nebeneinander durch den Verkaufsraum hinaus in den Schlosshof liefen. Rasch beeilte er sich, sie einzuholen. "Wenn sie dir nicht auf den Wecker geht."

"Geht sie nicht!" Tabea lachte laut auf. "Sie ist mir eine wirkliche Hilfe." Tabea öffnete den Kofferraum ihres Wagens und Sven lud den Koffer für sie ein.

"Danke." Sie drehte sich zu ihm um und strich sich ihr langes Haar aus der Stirn. Dann umarmte sie Vanessa und drückte ihr einen Kuss auf die Wange.

Sie ist der Hammer, der absolute Hammer, dachte Sven und riss sich zusammen, als sie sich zum Abschied ihm zuwandte.

"Wir sehen uns ja in der Selbsthilfegruppe. Dann machen wir nächste Woche einfach einen Treffpunkt aus."

"Nein. Wir holen dich ab", entschied Sven und gab Tabea die Hand.

"Auch gut. Ich freu mich! Viel Spaß im Training." Tabea stieg in ihr Auto und winkte aus dem Fenster, als sie über den Hof durch das schmiedeeiserne Tor fuhr.

"Hammer!", meinte Vanessa und sah ihn verschmitzt

an. Sven beschloss, dass es Momente gab, in denen man sich besser eines Kommentars enthielt. Er legte seiner Tochter den Arm um die Schulter und gemeinsam gingen sie zum Auto, das er auf der anderen Seite des Hofes geparkt hatte.

13

„Die verschiedenen Felsstrukturen kommen von den Schichtungen der Muschelkalkfelsen. Deshalb die waagerechten Schichten. Dies hier ist ein Paradies für Kletterer, schon seit über hundert Jahren."

An einem Dienstag Anfang August stand Tabea staunend neben Nia Klieber, die ihr alles in Ruhe erklärte, bevor die Fotoaufnahmen beginnen würden. Sie hielten sich etwas abseits, da die Kinder voller Vorfreude auf das Abenteuer, einen Höllenlärm veranstalteten.

„Diese klitzekleine Route hier heißt Sonnenuntergang." Nia deutete auf die Felswand, in deren Schatten Tabea ihre Fotoutensilien abgestellt hatte. Für Tabea sah die schätzungsweise fünfzehn Meter hohe Felswand eher unbezwingbar aus. Wie alle anderen Wände allerdings auch. Wenn sie sich umschaute, blickte sie ringsum auf dunkel schimmernde Felsen, die über den Weinbergen und dem Neckartal thronten und einen fantastischen Ausblick gewährten. Schon auf dem Weg vom Parkplatz zum Klettergarten hatte sie Dutzende von Bildern geschossen.

„Hier ist es wunderschön. Ein Kleinod zwischen

Weinbergen und Neckarschleife. Irgendwie führen mich meine Aufträge gerade an die wunderbarsten Orte", meinte sie begeistert.

Nia nickte und scheuchte ein paar der Kleinsten wieder zu ihren Betreuern, die am Rande des Geländes die Kinder in Gruppen einteilten. Aufgeregtes Geschnatter war zu hören.

„Wir fangen hier mit den Kleinen an. Die Fortgeschrittenen gehen mit mir zum Bouldern. Noch ist es laut ... " Nia deutete mit der Hand hinter sich, wo lautes Gelächter zu vernehmen war, das ein Lächeln in Nias Gesicht zauberte. „Aber wenn wir heimfahren, sind sie ausgepowert und mucksmäuschenstill. Und morgen haben die meisten garantiert tierisch Muskelkater."

„Ich bin einfach nur begeistert", meinte Tabea und schaute den Kindern zu, die mit schlafwandlerischer Sicherheit aus einem Kuddelmuddel an Bändern und Haken ein Klettergeschirr entwirrten und schnell hinein schlüpften.

„Und die schaffen alle diese Wand?" Ihr Blick glitt wieder zu der Wand, die es nun zu erklimmen galt.

„Sicher! Dafür haben die Kinder wochenlang intensiv trainiert. Wir lassen sie in Gruppen klettern, das klappt schon. Brauchst du noch etwas?"

„Danke. Ich stelle mich erst mal gegenüber auf. Ich hoffe nur, dass ich euch nicht störe, wenn ich hin- und herwusele."

Nia schüttelte den Kopf. „Bestimmt nicht. Falls du etwas brauchst, ich bin wie gesagt, mit den Großen gegenüber."

Tabea sah ihr nach. Die hochgewachsene Statur, der dunkle Teint, der geschmeidige Gang erinnerte Tabea an eine wachsame, heranschleichende Raubkatze. Genauso aufmerksam war sie, ihre Augen waren überall und sie hatte alles im Blick.

Nia Klieber war eine außergewöhnliche Erscheinung. Jetzt verstand sie, warum Pia ihr so aufgeregt von dem neuen Auftrag und von der außergewöhnlichen Erscheinung der Auftraggeberin berichtet hatte. Vielleicht gelang ihr später eine Aufnahme, die Nia in der Wand zeigte.

Es war bestimmt ein eindrucksvolles Bild, diese Frau beim Klettern zu beobachten. Während sie über die freundliche und doch zurückhaltende Frau nachdachte, die so liebevoll mit den Kindern umging, stellte sie ihre Fototasche mit den beiden Kameras auf einen Felsvorsprung, wo sie sicher war und sie jederzeit Zugang hatte. Dann nahm sie ihre Lieblingskamera und machte sich auf die Suche nach dem besten Platz für die ersten Fotos.

„Du gehst so wunderbar mit den Kindern um." Tabea nutzte zwei Stunden später eine kleine Kletterpause und näherte sich Nia. „Hast du eigene Kinder?"

„Ja." Nia sah nicht auf, sondern half einem der jüngeren Mädchen, den Gurt nachzuziehen. „Eine dreizehnjährige Tochter."

„Ach, ist sie auch hier?", erkundigte sich Tabea und sah sich um.

„Nein." Nias Antwort war kaum zu hören und Tabea trat näher, um den Rest zu verstehen. „Sie lebt nicht bei mir."

Tabea wusste nicht, was sie von dieser Aussage halten sollte, traute sich aber nicht nachzuhaken. Stattdessen fragte sie: „Warum haben die Kinder Komplettgurte und du nur einen Hüftgurt?"

„Das ist ganz einfach." Nia verschloss den Karabiner und schickte die Kleine mit einem aufmunternden Klaps auf die Schulter fort. „Der Anseilpunkt liegt beim Komplettgurt höher als beim Hüftgurt. Damit minimiert sich das Risiko, dass die Kinder bei einem Sturz kopfüber hängen."

Nia nahm einen der Gurte hoch. „Sieh her. Der Komplettgurt sollte sich in aufrechter Haltung für den Kletterer ausbalancieren, da die Anseilschlaufe im Bereich des Brustkorbs liegt und damit höher als der Körperschwerpunkt. Willst du es auch mal versuchen?"

„Nein, danke. Schuster bleib bei deinen Leisten." Tabea deutete auf ihre Kamera. „Aber ich würde dich nachher auch gerne beim Klettern fotografieren. Ist das möglich?"

„Beim Bouldern", korrigierte Nia. „Wir klettern in Absprunghöhe und ohne Seil. Für uns zählt die Technik, nicht die Höhe."

Nia führte Tabea zu einem Felsvorsprung, vor dem mehrere Schaumstoffmatten auf dem Boden ausgebreitet waren.

„Was du hier siehst, nennt sich *Vogelwild* und wir können hier sechs verschiedene Routen bouldern."

„Aha." Tabea versuchte verzweifelt, irgendetwas an dem Felsen zu erkennen. „Ich sehe nur Risse im Fels."

Nia lachte auf. „Ich zeig es dir."

Sie trat näher an den Fels, deutete auf verschiedene Ritzen und winzig kleine Felsnasen und versuchte ihr die Route zu erklären.

Tabea schüttelte den Kopf. „Sorry, aber das kann ich mir nicht vorstellen."

Nia lächelte, rieb sich die Hände an ihren Klettershorts ab, und ehe Tabea die Kamera zücken konnte, kletterte sie in Windeseile und mit katzenhafter Geschmeidigkeit den Fels hinauf und sprang wieder ab.

„Alles klar?", fragte sie und war nicht mal außer Atem.

„Nö, aber sieht toll aus. Wie oft trainierst du?", erkundigte sich Tabea und staunte immer noch.

„Jeden Tag, außer ich bin im Einsatz." Nia klopfte sich ihre Hände ab und rief ihre Zöglinge zusammen, die sofort zur Stelle waren. „So, letzte Tour. Nehmt die Matten, wir gehen einmal um den Fels herum. Mal sehen, wer eine Idee hat, wie man diese Route am besten klettern kann."

Als Tabea später wieder in Mittsingen war, schwirrte ihr immer noch der Kopf von den vielen Erklärungen und den Eindrücken, die sie heute gewonnen hatte. Sie öffnete die Eingangstür zum Fotostudio, trat ein und schloss hinter sich wieder ab. Dann ging sie durch das Studio, bemerkte, das Pia umdekoriert hatte und blieb stehen, um die neu aufgehängten Bilder zu betrachten.

Darunter waren Bilder von Schloss Dischenberg und dem Weingut – gestochen scharf und grandios in Szene gesetzt. Tabea war zufrieden mit ihrem Werk. Lächelnd ging sie weiter und dachte daran, wie sehr sie sich schon darauf freute, Vanessa am kommenden Wochenende wiederzusehen.

Im Büro schaltete sie den Mac ein, nahm die Speicherkarte aus ihrem Fotoapparat und räumte alles in den abschließbaren Schrank, in dem Pias und ihre eigene Fotoausrüstung aufbewahrt wurden. Jede von ihnen hatte zwei eigene Kameras, allerdings teilten sie sich die Objektive und alle anderen Ausrüstungsgegenstände, die es in verschiedenen Ausführungen gab. Schnell sicherte sie die Dateien in einem gesonderten Verzeichnis auf dem NAS und sah nebenher nach ihren Mails.

Ohrenbetäubendes Schiffsgeheul ertönte, als eine Flut von Emails heruntergeladen wurde. Sie verfluchte Pia und wechselte augenblicklich in die Einstellungen, um diese grässlichen Töne abzustellen. Doch dann wurde sie abgelenkt, da ihr beim Programmwechsel noch Tills Namen zwischen den Mails aufgefallen war.

Wieder hatte sie seit Wochen nichts von ihm gehört. Was wollte er also jetzt von ihr?

Sie zögerte kurz, dann ließ sich ihre Neugier nicht mehr zügeln.

Hey, Tabea. Ich komme am Dienstag, 14.08. in Stuttgart an. Flug LH 2148 – 16.10 Uhr. Kannst du mich bitte abholen? Ich freue mich! Till.

Tabea schnaubte. Sie drückte auf *Antworten* und tippte ihre Worte blitzschnell ein: „Ach? Wenn's um Abholen und Blumengießen geht, dann erinnert man sich wieder an mich? Nimm dir doch ein Taxi! Tabea"

Bevor sie weiter darüber nachdachte, drückte sie den Senden-Button. *So ein Depp!*

Abhaken – weitermachen! Sie wollte wieder das Fenster wechseln, um den Signalton zu ändern, doch irgendwie zögerte sie noch.

„Tröööööööööööööööööt!"

Das ging heute ja schnell. Mit einem Mausklick öffnete sie die Mail und konnte ein Schmunzeln nicht unterdrücken. Typisch Till, er bettelte nicht, er lenkte nicht ein, nein seine Nachricht lautete kurz und knapp: „Gut, dann werde ich das wohl machen."

Gut? Mehr nicht? Tabea schluckte jetzt doch. *Oh Gott, was bin ich nur für eine Zicke!*, schimpfte sie mit sich, als ihr ihre vorschnelle Reaktion bewusst wurde. Sie begann zu schwanken und überlegte schon, ob sie ihn nicht doch abholen sollte. Andererseits war es keine feine Art, sich einfach nur dann zu melden, wenn er etwas von ihr wollte.

Rutsch mir den Buckel runter! Genau so würde Pia reagieren und Tabea beschloss, es ebenso zu machen. Sie tippte wieder eine Antwort ein, die etwas neutraler formuliert war: "Deine Schlüssel sind im Fotostudio, ich bin auf einem Auswärtstermin. Wir sehen uns dann. Gruß Tabea."

Wieder drückte sie auf *Senden*, doch diesmal kam keine Antwort zurück. Schließlich sah sie auf die Uhr. Wenn sie sich beeilte, dann würde sie es noch rechtzeitig zur Selbsthilfegruppe nach Eschingen schaffen. Hastig schloss sie den Schrank, sperrte das Fotostudio ab und eilte zu ihrem Auto.

Während der Fahrt ließ ihr der Gedanke an Till keine Ruhe. In den letzten Wochen war es ihr gelungen, ihn auszublenden, damit sie erst einmal ihre eigenen Probleme sortieren konnte. Und die Aufarbeitung hatte Fortschritte gemacht. Inzwischen hatte sie zu akzeptieren gelernt, dass ihr keine Chance geblieben war, mit Jörn über ihre Zweifel zu reden.

Die Schuldgefühle waren ihr außerdem von den Teilnehmern der Gruppe genommen worden, die ihr deutlich signalisiert hatten, dass es nur normal war, solche Zweifel zu haben. Sie hatte Jörn geliebt, wenn auch die Liebe nicht mehr überschäumend gewesen war, sondern eher den seichten Wellen eines Sees ähnelte – sanft, aber beständig dahin schaukelnd.

Und sie nahm die feinen Veränderungen in sich deutlich wahr, sie achtete mehr auf ihre Bedürfnisse, beobachtete die Menschen um sich herum aufmerksamer und war offen für Neues und für neue Freundschaften.

Die unkomplizierte Annäherung zu Vanessa und der gesamten Familie von Rittenstein-Dischenberg war eine neue Erfahrung gewesen. Bisher war sie Kunden immer freundlich, aber distanziert gegenübergetreten. Bei der Familie von Rittenstein-Dischenberg war eine Distanz von Anfang nicht möglich gewesen, da Frau von Rittenstein sie völlig unkompliziert in den gesamten Tagesablauf eingebunden hatte.

Selbst beim Mittagessen, das alle Angestellten in einem winzig kleinen Gemeinschaftsraum einnahmen, hatte Frau von Rittenstein freundlich darauf bestanden, dass sich Tabea ihnen anschloss. Nach kurzem Zögern hatte sie das Angebot angenommen und die Stunden in der Runde sehr genossen und sich gefreut, wenn dann noch Vanessa dazu gestoßen war.

Auch sie selbst hatte die Annäherung gesucht – so spontan, wie sie Vanessa den Vorschlag gemacht hatte, so erschrocken war sie abends über sich selbst gewesen. Aber Vanessa und ihre Großeltern hatten es ihr leicht gemacht. Und auch bei den Terminen mit dem Freiherrn und dem Kellermeister, der – wie sie erst zu Beginn der Fotoaufnahmen erfahren hatte, der zweite Großvater von Vanessa war, war alles entspannt über die Bühne gegangen.

Der Auftrag von Rittenstein-Dischenberg gehörte eindeutig zu den Highlights in ihrer bisherigen beruflichen Laufbahn und sie bedauerte es außerordentlich, dass sie nur noch zur Übergabe der Aufnahmen nach Schloss Dischenberg fahren musste.

Sehr gerne hätte sie noch mehr über den Weinbau erfahren und etwas in der Historie der Freiherren geforscht. Aber, wenn Vanessa wirklich im Fotostudio mithelfen durfte, dann würde der Kontakt zur Familie von Rittenstein-Dischenberg nicht komplett abreißen.

Und noch etwas hatte sich verändert! Gestern hatte sie einen großen Schritt gewagt und an sich selbst eine Veränderung vorgenommen – besser, vornehmen lassen. Sie war zum Friseur gegangen und hatte sich ihre hüftlangen Haare schulterlang kürzen lassen.

Und – als seien ihre Haare, wie auch sie selbst, von einer schweren Last befreit, fielen sie nun in feinen, weichen Wellen auf ihre Schultern und fühlten sich federleicht an.

Ja! Es ging aufwärts.

Tabea starrte die Karte an, die sie aus dem Stapel gezogen hatte. Ihr schossen die Tränen in die Augen. Neugeburt lautete der Titel und sie konnte es einfach nicht fassen. *Neugeburt* – ausgerechnet jetzt: *Neugeburt.* Es dauerte eine Weile, dann riss sie den Blick los und schaute in die Runde.

Neben ihr saß eine aufmunternd lächelnde Chloé, auf der anderen Seite Sven. Sieben weitere Personen saßen im Kreis im Gemeindesaal der Eschinger Kirchengemeinde und alle sahen Tabea erwartungsvoll an. Jeder hatte einen anderen Verlust erlitten, jeder trauerte auf andere Art.

Tabea zeigte den anderen ihre Karte und legte sie wieder auf ihre geöffneten Handflächen.

„Oh!" Ein Raunen ging durch die Gruppe.

„Die Karte heißt Neugeburt." Sven lächelte und begann laut vorzulesen:

> Da bist du!
> Verwandelt, geschlüpft,
> in neuem Kleid,
> aus dem schützenden Kokon der Trauer.
> Zaghaft, ängstlich, fremd
> siehst du noch nicht deine neue
> Farbenpracht,
> deine Flügel, so leuchtend und schön.

Tabea starrte weiter auf die Karte, während sie Svens ruhigem tiefen Bass zuhörte, der die Worte aus dem Begleitbuch zum Kartendeck vortrug.

> Schau in den Spiegel – das bist du!
> Entfalte deine neuen bunten Schwingen,
> hab keine Angst.
> Und jetzt flieg, kleiner Schmetterling,
> denn es ist Sommer geworden.

Sven beendete das Gedicht und Schweigen kehrte ein. Jeder der Teilnehmer ließ die Worte auf sich wirken und Tabea blickte noch immer auf die Karte in ihrer Hand, auf der die Neugeburt sinnbildlich mit einer wundervoll goldenen, aufgehenden Sonne dargestellt wurde.

Tabea räusperte sich und fragte leise: „Sven, wie lautet der Zaubersatz von dieser Karte?"

Sven schaute ins Buch und lächelte. *„Ich zeige mich."*

„Wow!" Tabea drückte die Karte an ihr Herz, Tränen schwammen in ihren Augen. „Wie kann das sein?"

Chloé starrte Tabea ebenfalls mit tränenglänzenden Augen an. „Das ist irgendwie magisch, Tabea. Dir geht es von Woche zu Woche besser, du bist auf einem guten Weg und gönnst dir was und dann ziehst du ausgerechnet diese Karte. Das kann nur Magie sein."

„Du siehst wunderschön aus, Tabea. Der neue Haarschnitt steht dir ausgezeichnet", machte eine andere Teilnehmerin Tabea ein Kompliment.

„Dem kann ich nur zustimmen, Tabea." Sven lächelte sie liebevoll an. Dann wandte er sich wieder an alle Teilnehmer. „Wer möchte uns noch berichten, wie die letzten Tage waren?"

Sofort schossen zwei Hände in die Höhe, aber Tabea hörte nur mit einem halben Ohr zu, denn immer wieder erklang in ihr die letzte Strophe, während sie immer noch die Karte in ihrer Hand betrachtete.

> Und jetzt flieg, kleiner Schmetterling,
> denn es ist Sommer geworden.

„Wollen wir noch etwas trinken gehen?" Sven half Tabea in ihre leichte Sweatjacke und sie drehte sich um, während sie gleichzeitig den Reißverschluss nach oben zog.

„Danke, Sven. Aber ich hatte einen langen Tag."

„Schon klar, dann wünsch ich dir noch einen schönen Abend. Wir sehen uns ja Samstag. Vanessa und ich holen dich um sechs ab." Er schüttelte ihr lächelnd die Hand, doch ihr entging nicht, dass er einen enttäuschten Eindruck machte. Bevor sie etwas sagen konnte, wurde er von einer anderen Teilnehmerin in Beschlag genommen, die heute zum ersten Mal an der Gruppenrunde teilgenommen hatte.

„Jetzt ist unser guter Herr Pfarrer aber sehr enttäuscht", murmelte Chloé Harrison neben ihr und hielt die Tür auf.

Tabea runzelte die Stirn und sah Chloé fragend an. „Hattest du auch das Gefühl?"

„Wie oft hat er sich jetzt schon um eine Verabredung mit dir bemüht?", erkundigte sich Chloé lachend und Tabea amüsierte sich mal wieder über Chloés gewählte Ausdrucksweise.

Tabea zuckte mit den Schultern. „Weiß nicht, bestimmt schon dreimal. Aber ich gehe ja mit ihm und seiner Tochter am Samstag zu einem Basketballspiel. Sie haben mich eingeladen."

„*Mit seiner Tochter!* Das ist bestimmt genau das, was er auch im Sinn hatte. Eine Verabredung zu dritt – der Arme. Gehen wir beide wenigstens noch eine Kleinigkeit essen?" Lächelnd hakte sich Chloé bei Tabea unter. Wieder nickte Tabea.

„Wie war dein Tag?" Fragend sah sie zu Chloé auf und stellte fest, dass sie sich genauso klein fühlte, wie heute Morgen, als sie neben Nia Klieber gestanden hatte.

„Ganz seltsam. Christian und ich waren bei unserer

Rechtsanwältin und haben nun endgültig die Scheidung eingereicht." Chloé rieb sich kurz über die Augen. „Auch wenn Christian und ich nie das klassische Liebespaar gewesen sind und ich mich freue, dass er mit Lexi so glücklich ist, ist es das Ende einer Ehe. Einer guten Ehe, die auf Freundschaft, Kameradschaft und gegenseitiger Hochachtung aufgebaut war. Nur leider nicht auf Liebe. Christian hat mir trotzdem über die schlimmste Zeit meines Lebens hinweggeholfen."

„Ihr habt euch eure Freundschaft bewahren können, das ist mehr, als die meisten Ehepaare schaffen." Tabea tätschelte Chloés Arm.

„Da liegst du absolut richtig. Wie wäre es heute mal mit Pizza?", fragte Chloé und deutete auf die Pizzeria am Ende der Straße.

„Gute Idee." Tabea rieb sich ihren knurrenden Magen. „Ich hatte nicht mal ein Mittagessen."

Sie betraten die Pizzeria und entdeckten gleich darauf einen freien Tisch im hinteren Bereich. Während sie sich durch die Tischreihen schlängelten, wurde Tabea auf einmal von der Seite angesprochen.

„Tabea, das ist ja lustig."

„Nia?" Tabea stutzte und blieb stehen.

Chloé die nichts mitbekommen hatte, lief in sie hinein und sah sie überrascht an. „Was ist los?"

„Chloé, darf ich dir Nia Klieber vorstellen. Sie hat mich heute in die Felskletterei eingeweiht und mich davon überzeugt, dass ich so was nie anfangen werde. Nia, das ist Chloé. So viel ich weiß, ist sie eher dein Typ. Klettertechnisch gesehen, meine ich natürlich", ergänzte

Tabea, als Nias Teint eine noch dunklere Farbe annahm.

„Hallo Chloé, wir kennen uns doch aus dem Kletterzentrum." Nia streckte Chloé die Hand entgegen und die beiden Frau tauschten einen kurzen Händedruck.

„Hallo, Nia. Ja, wenngleich ich dich seither dort nicht mehr gesehen habe." Chloé schaute auf Nias Tisch. „Bist du allein? Dürfen wir uns dazusetzen?"

Nia wirkte überrascht und nickte.

„Das könnte ich nicht", murmelte Tabea und ließ sich auf den Stuhl zwischen Nia und Chloé sinken.

„Was?", fragten beide gleichzeitig und lächelten sich dann an.

„Allein in ein Restaurant gehen", murmelte Tabea und nahm dem Kellner die Speisekarte ab.

„Ach so. Mir macht das nichts aus." Nia schüttelte den Kopf. „Ich war bis gestern auf einem Einsatz, und heute Morgen musste ich ja gleich zum Fotoshooting, also stand ich heute Abend zwischen der Qual der Wahl: Einkaufen oder Essen gehen. Ich habe mich für die einfachere Variante entschieden."

„Einsatz?", stutzte Chloé und sah interessiert von ihrer Speisekarte auf.

„Ich bin bei der Bundespolizei, Abteilung Personenschutz", erklärte Nia kurz.

Tabea musste sich bemühen, nicht allzu breit zu grinsen, als sie sah, wie Chloé Nia anstarrte, als hätte sie gesagt, sie flöge morgen zum Mond.

„Du bist bei der Polizei?", platzte Chloé schließlich raus und nun war es an Nia, überrascht den Kopf zu heben.

„Äh ja, irgendwie muss ich ja mein Geld verdienen. Vom Klettern allein kann man nicht leben."

„Aber du bist Europameisterin im Bouldern!"

„*Was bist du?*" Jetzt fiel Tabea fast die Kinnlade herunter.

Nia zuckte die Schultern. „Davon kann ich mir auch kein Brot kaufen."

„Da hast du auch wieder recht." Tabea schloss die Speisekarte, nachdem sie sich für die Tortellini entschieden hatte. „Aber spannend klingt das schon. Erzähl mal, wie wird man Europameisterin?"

14

Till schleppte sich ausgelaugt und erschöpft die Gangway hinab. Auf dem Flugfeld atmete er die schwüle Stuttgarter Luft ein, die er nach den Monaten in Syriens Hitze eher als kühl empfand. Er beeilte sich, den anderen Fluggästen zu folgen, die schon zum Flughafenbus strebten. Während der Bus zum Ankunftsterminal fuhr, rang er erneut die Enttäuschung nieder, dass Tabea ihn nicht abholen würde.

Dabei hatte er sich nichts sehnlicher gewünscht, als sie endlich wieder in seine Arme zu schließen und ihre Nähe zu spüren. Er würde seine Schlüssel im Fotostudio abholen und dabei die Lage sondieren. Dann würde er sich zu Hause erst mal aufs Ohr hauen.

Er hatte Glück und das Gepäck ließ nur kurz auf sich warten. Keine zehn Minuten später hievte er seinen Koffer vom Gepäckband und wuchtete ihn auf den Gepäckwagen. Seine Tasche mit der Kameraausrüstung hängte er sich auf die Schulter, dann strebte er durch den Zoll auf den Ausgang zu. Die Menschenmassen im Flughafengebäude nervten ihn, mehrmals war er versucht, den Kopf zu drehen und die Umgebung nach

Gefahren abzusuchen. Sein Nervenkostüm hatte sich noch nicht wieder daran gewöhnt, dass er in Sicherheit war. Vielleicht beruhigte sich dies, wenn er nachher die Augen schließen und in seinem Bett ohne Angst und Anspannung schlafen konnte.

Die letzten Drehtage in Aleppo waren voller Gefahren gewesen. Überall waren sie auf Misstrauen und Angst gestoßen, die Kämpfe um Aleppo hatten zugenommen. Nirgends war man mehr sicher. Bei der Rückfahrt waren sie an der Stadtgrenze von Aleppo unter Beschuss geraten. Sie hatten versucht, sich zwischen den Sitzen zu ducken, doch ein Schuss hatte das Auto komplett durchschlagen, und sein Reporter war am Hals verletzt worden. Nur eine Notoperation hatte sein Leben retten können. Nun befand er sich in einem Krankenhaus in der Türkei, bis er transportfähig war und nach Deutschland ausgeflogen werden konnte.

Ihre eigene abenteuerliche Rückkehr hatte zunächst in einem türkischen Gefängnis geendet, aus dem sie nach vierundzwanzig Stunden Haft wieder entlassen worden waren, nachdem sich der deutsche Botschafter eingeschaltet hatte.

Die Lage in Syrien wurde zunehmend gefährlicher für ausländische Beobachter. Die Frontlinien waren nicht zu erkennen, alles war verworren und das Misstrauen der Bevölkerung gegen Journalisten nahm zu.

Er war froh, diesen Auftrag heil und gesund hinter sich gebracht zu haben. Till schob den Gepäckwagen durch die Drehtür und steuerte auf das erstbeste Taxi zu.

Tabea rannte in das Ankunftsterminal des Stuttgarter Flughafens und verfluchte sich, weil sie so spät losgefahren war. Sie hatte keinen Blick für die Großleinwand, auf der das Topthema der letzten Tage ausgestrahlt wurde: Drei syrische Journalisten waren von Oppositionellen entführt worden und seither wurde fieberhaft nach ihnen gesucht. Tabea hastete weiter zum Terminal eins in der Hoffnung, dass Till noch nicht durch die Zollkontrolle gegangen war.

Plötzlich zog ein Schauer an ihrer Wirbelsäule hinauf und ihr Herzschlag beschleunigte sich, dann entdeckte sie ihn. Sie blieb stehen und versank in seinem Anblick: Seine Jeans waren durchlöchert, die Stiefel verstaubt, die Lederjacke hatte auch schon bessere Zeiten gesehen.

Endlich erhaschte sie einen Blick auf sein gebräuntes Gesicht und in seine grünen Augen, die flüchtig über sie hinwegglitten, ohne sie zu erkennen. Ihre Kehle wurde eng, sie schluckte mühsam. Er sah müde aus und die Haare waren viel zu lang. Er war in den Monaten seit März so schmal geworden, dass sie sich fragte, ob er in Dubai nichts Vernünftiges zu Essen gekommen hatte.

Ohne einen Blick nach rechts und links zu werfen, bahnte er sich, seinen Gepäckwagen schiebend, eine schwere Tasche über der Schulter, einen Weg durch die wartende Menschenmenge direkt auf sie zu.

Sie biss auf die Unterlippe und konnte den Blick

nicht von ihm reißen. Da war er wieder und mit ihm alle Fragezeichen.

Sie wollte nichts lieber, als auf der Stelle losrennen und sich in seine Arme werfen. Wollte er das auch? Jetzt, da sie ihn fast berühren konnte, wurde ihr schlagartig klar, wie sehr sie ihn vermisst hatte. Er ging an ihr vorbei, ohne Notiz von ihr zu nehmen, ihr Herzschlag setzte aus und sie setzte zum Sprechen an, doch ihre Stimme versagte.

Stumm und mit Tränen in den Augen sah sie ihm nach, wie er durch die Drehtür das Terminal verließ. Es dauerte noch ein paar Sekunden, dann erwachte sie aus ihrer Erstarrung und hastete hinterher.

„Till?" Lautes Rufen riss ihn aus seinen Gedanken. Er stoppte und blickte sich suchend um. Im ersten Moment war er sich nicht sicher, ob er träumte. Die wunderschöne Frau, die da nach Luft schnappend aus der Drehtür trat, war Tabea.

In sein Herz schlug sprichwörtlich der Blitz ein! Er spürte den elektrisierenden Schlag von der Schädeldecke bis zu den Zehenspitzen. *Sie war doch gekommen!*

„Hey, Till." Tabea kam langsam näher.

Eine Welle der Erleichterung erfasste ihn und er spürte selbst, wie er zu Strahlen begann.

„Tabea!" Er ließ seine Tasche auf den Boden gleiten, breitete die Arme aus und sie rannte auf ihn zu, ohne den Blickkontakt zu unterbrechen. „Du bist doch gekommen."

„Was ist denn mit dir passiert?", fragte sie und schlang die Arme um seinen Hals. „Gab es in Dubai nichts zu essen?"

„Das erzähl ich dir später." Till zog sie in seine Arme und genoss das Gefühl, sie endlich wieder zu spüren. Ihre Körperwärme übertrug sich auf ihn, ihr süßliches Parfüm wühlte seine Sinne auf und sofort durchzuckte ihn die Erregung. Mühsam rang er das Verlangen nieder und begnügte sich mit einem langen Kuss, den Tabea voller Leidenschaft erwiderte. Bevor sie zum öffentlichen Ärgernis wurden, riss er sich von Tabeas Mund los und strich stattdessen mit dem Zeigefinger liebevoll über ihre Wangen.

„Weißt du eigentlich, wie sehr ich dich vermisst habe?"

„So sehr, dass es gerade zu sieben Mails in viereinhalb Monaten gereicht hat." Tabea sah ihn vorwurfsvoll lächelnd an.

„Das hatte andere Gründe. Ich muss dringend mit dir reden." Till zog sie nochmals an sich und küsste sie.

„Jetzt bringe ich dich erst mal heim. Du siehst aus, als hättest du tagelang nicht geschlafen. Komm schon, ich habe dahinten geparkt." Sie deutete auf das nächstgelegene Parkhaus.

„Ich freu mich riesig, dass du gekommen bist." Till schob den Gepäckwagen, der ihm plötzlich nicht mehr so schwer vorkam.

„Und ich bin froh, dass du wieder da bist."

Endlich waren sie bei ihm zu Hause angekommen. Er hatte es kaum abwarten können, dabei hatte die Fahrt vom Flughafen gerade mal eine halbe Stunde gedauert. Er ließ Koffer und Tasche im Flur fallen und eilte zu Tabea, die im Wohnzimmer auf ihn wartete. Überrascht sah er sich um. Seine spärlich verstreuten Topfpflanzen, die bisher ein eher spartanisches Leben geführt hatten, hatten sich zu wuchernden und blühenden Gewächsen entwickelt.

„Wow!" Er blieb stehen. „Was hast du mit meinen Blumen gemacht?"

„Regelmäßig gegossen, ihnen ab und zu ein wenig Dünger gegönnt", fügte sie erklärend hinzu, „und ihnen gut zugeredet." Tabea lächelte ihn an.

Er starrte sie an. Sie sah so anders aus, offen und gelöst. Ihr Lächeln wirkte jedoch etwas verunsichert, als sei sie nicht sicher, ob es richtig war, dass sie hier war. Der neue Haarschnitt stand ihr ausgezeichnet. Die seidigen Wellen umschmeichelten ihr Gesicht, ihre Lippen zogen ihn magisch an. Er musste sie spüren! Er merkte, wie sich seine Erregung kaum noch im Zaum halten ließ. Er musste sie küssen!

Till trat dicht zu Tabea und zog sie in seine Arme. Sie hob lächelnd die Arme und küsste ihn sanft auf den Mundwinkel. Der Duft ihres Parfüms zog ihm erneut in die Nase und stachelte ihn noch mehr an. Der nächste Kuss war intensiver und leidenschaftlicher.

„Till?" Ihr Blick signalisierte tausend Fragen.

„Tabea, ich habe dich so furchtbar vermisst."

„Aha." Sie wich seinem nächsten Kuss aus und sah ihn nachdenklich an. „Wenn du mich so sehr vermisst hast, warum hast du dich dann so selten gemeldet?"

„Es ging nicht. Ich habe wirklich jede Gelegenheit genutzt, in der ich eine Internetverbindung hatte."

„Wieso gab es in Dubai kein Internet?" Ihr Blick wechselte von nachdenklich in verständnislos.

„Ich war nicht in Dubai. Ich ...", er rang nach den richtigen Worten, doch keiner seiner so sorgfältig vorbereiteten Sätze wollte gelingen. „Ich habe dich angelogen, weil ich Angst hatte, dass du unserer Beziehung keine Chance gibst. Als ich dort war, wurde mir klar, was für einen großen Fehler ich gemacht hatte, aber ich wollte dir das nicht per Mail sagen. Es tut mir leid."

Aus Tabeas Antlitz war alle Farbe gewichen. Mit aufgerissenen Augen starrte sie ihn an. Erst als sie sich mehrmals geräuspert hatte, gelang ihr diese Frage: „Wo warst du?"

„In Syrien. Ich arbeite seit Jahren mit einem Team von Kriegsreportern zusammen. Ich nehme an, du hast den Namen Jobst Rorstedt schon gehört."

Während er sprach, löste sich Tabea aus seiner Umarmung. Sein Herz wurde schwer, aber er akzeptierte ihre Ablehnung, als er die Hand nach ihr ausstreckte und sie sie ignorierte. Leise sprach er weiter. „Wir waren schon an fast allen Kriegsschauplätzen auf der Welt. Wir sind vorsichtig, Tabea. Wir werden von den Blauhelmen ..."

„Nein, Till. Nein!" Tabea hob die Hände und trat mit versteinertem Gesicht weiter von ihm zurück. „Keine Chance, Till. Ich ... ich kann das nicht noch einmal durchleben."

Sie schien sich wieder im Griff zu haben, denn jetzt sah sie ihn kühl an, während die Angst, sie zu verlieren, in seinen Eingeweiden tobte.

„Nein, Till. Dann beenden wir lieber gleich etwas, das noch gar nicht richtig begonnen hat."

„Tabea, bitte. Ich habe mich in dich verliebt ..." Er streckte wieder die Hand aus, doch sie wich erneut zurück. Inzwischen stand sie schon fast mit dem Rücken zur Wand.

„Nein!", wiederholte sie und schüttelte den Kopf. „Ich will nicht mehr so leben. Immer in Angst, ob du zu mir zurückkommen wirst. Ständig die Sorge, dass etwas passiert. Nein, so eine Beziehung kann ich nicht mehr führen."

„Was schlägst du vor?", fragte Till und ballte die Hände zu Fäusten. Er wusste, was kommen würde.

„Es hat keinen Sinn, Till." Tabea drehte sich ab und starrte durchs Fenster, während Till den Wunsch niederrang, frustriert aufzuschreien.

„Tabea, ich liebe ..."

„Es tut mir leid, aber ich will das nicht hören." Tabea hielt sich die Ohren zu. Nach langen Sekunden drehte sie sich wieder zu ihm um. „Hier, dein Schlüssel. Es tut mir ... wirklich leid."

„Mir auch. Aber was bleibt mir übrig, als deinen Wunsch zu akzeptieren." Till brachte die Worte kaum heraus und hoffte auf eine letzte Wendung. „Treffen wir uns mal zum Billard?"

Tabea drehte sich nochmal um und schüttelte den Kopf. „Besser nicht. Leb wohl."

„Tabea, vielleicht überlegst du es dir noch einmal." Er folgte ihr. Als die Wohnungstür ins Schloss fiel, zuckte er zusammen.

Tabea stand wie betäubt vor der Haustür und sah hinauf zu Tills Fenster. Sie erkannte seine Silhouette hinter dem Vorhang und kämpfte mit den Tränen. Als sie ihn am Flughafen entdeckt hatte, war ihr klar geworden, dass sie schon auf dem besten Weg war, ihr Herz an ihn zu verlieren.

Er war so ein netter Kerl, der sich aufrichtig gefreut hatte, sie wiederzusehen. Ihr Herz hatte sich für einen Moment angefühlt, als würde es schweben. Als sie seine Umarmung gefühlt und seinen Herzschlag gespürt hatte, war ihr alles richtig vorgekommen. Till war zurück und mit ihm die Hoffnung auf ein neues, glückliches Leben. Doch sein Geständnis hatte alles verändert.

Sie war ihm gar nicht böse, dass er sie angelogen hatte. Irgendwie konnte sie es nachvollziehen. Aber der Wunsch nach einem Partner ging nicht so weit, dass sie alle ihre Grundsätze über Bord werfen würde. Nein, so eine Beziehung würde sie definitiv nicht mehr führen. Lieber lief sie Gefahr, allein zu bleiben.

Ihr Herz wurde schwer bei dem Gedanken, Till enttäuscht zu haben und ihn nun nicht mehr sehen zu können. Die Versuchung, doch noch schwach zu werden, und sich in seine Arme zu stürzen, war zu groß.

Nun ja, damit hatte sie wohl ihren ersten One-Night-Stand hinter sich gebracht und den ersten Mann kennengelernt. Genau so, wie ihre Mutter ihr das aufgetragen hatte. Jedoch hätte sie auf die Erfahrung mit Till gerne verzichtet.

Nein, das stimmt nicht, verbesserte sie sich. Im Gegenteil, sie hätte sehr gerne noch einmal mit ihm diese Leidenschaft und das Glück erlebt, das er ihrem Körper entlocken konnte. Aber es gab ja noch andere Männer auf der Welt.

Du machst dir doch selbst was vor! Irgendwie geisterten diese Worte durch ihren Kopf, als sie seufzend die Tür zum Fotostudio öffnete und sich schon seelisch und moralisch gegen Pias Fragenansturm rüstete.

„Na, mit dir hätte ich jetzt wirklich nicht mehr gerechnet." Pia grinste süffisant.

„Wenn ich ehrlich bin, ich auch nicht." Tabea trat zu Pia, die an der Kasse stand.

„Was ist passiert?", fragte Pia und sah sie prüfend an.

„Till war nicht in Dubai."

„Das dachte ich mir schon." Pia hob entschuldigend beide Hände. „Ich kenne wohl seinen Job, aber ich wusste wirklich nicht, wo er dieses Mal war. Wo?"

„In Syrien."

Zischend stieß Pia die Luft aus. „Shit. Ich nehme an, du hast ihm gesagt, er kann sich zum Teufel scheren."

„So ähnlich." Eigentlich war Tabea nicht zum Lachen, aber Pias Worte entlockten ihr doch ein schmales Lächeln. „Ich habe ihm jedenfalls keine Hoffnungen gemacht."

„Und jetzt?"

„Nichts." Tabea zuckte mit den Schultern. *Verdammt, dachte sie, warum tut dann das Nichts so weh?*

Pia schwieg und so schauten sie sich in stillschweigender Übereinkunft einfach an, bis Tabea den Blick unterbrach und meinte: „Ich gehe dann mal nach hinten und arbeite an den Fotos fürs Kletterstudio weiter."

„Mach das." Pia nickte und nagte an ihrer Unterlippe, gab aber zu Tabeas Überraschung keinen Kommentar ab. Was Tabea nicht sah, weil sie schon ins Büro unterwegs war, dass Pia die Augen schloss und ihren Kopf in ihren Händen barg.

„Wenn das mal gut geht", murmelte Pia schließlich und kommunizierte stumm mit ihrem Baby, das sein deutliches Missfallen in Form von heftigen Tritten zeigte.

15

Tage später waren Tabeas Gedanken noch immer viel zu oft bei Till. Auch als sie an diesem Abend das Fotoatelier abschloss, wanderte ihr Blick wehmütig ein Stockwerk höher zu Tills Wohnung. Sie hatte sich etwas vorgemacht – durch die Weigerung, mit Till zusammenzukommen, hatte sie nichts gewonnen, nur verloren – ihn!

Und wenn sie sich noch so oft sagte, dass es richtig gewesen war, signalisierte ihr Herz deutlich, dass er ihr fehlte und dass sie voller Sorge war, wohin es ihn das nächste Mal verschlagen würde.

Nein – ihre Entscheidung war nicht unbedingt die klügste gewesen. Hartnäckig hielt sie aber daran fest. Sie wollte und würde nicht noch einmal eine Beziehung führen, die für sie wieder Angst und Sorge bedeuten würde!

Langsam ging sie die Hauptstraße entlang, bog in die Straße ein, die zu ihrer Wohnung führte und blieb abrupt stehen. Auf der anderen Straßenseite verließen Till und Alex das Pool & Dance. Die beiden waren in ein Gespräch vertieft und bemerkten sie nicht. Sie versuchte währenddessen, ihr hämmerndes Herz zu beruhigen.

Till! Er war also noch nicht zum nächsten Auftrag abgereist. Tabea traten vor Erleichterung die Tränen in die Augen, unfähig den Blick von ihm zu wenden sah sie zu, wie er mit Alexander in ihre Richtung lief und plötzlich den Kopf hob, als hätte er sie bemerkt.

Unbändige Freude und Glücksgefühle, die sie in diesem Ausmaß nicht gekannt hatte, durchfluteten ihren Körper – wärmten sie und ließen sie gleichzeitig frösteln.

Tills einzige Reaktion war das Zucken seiner rechten Augenbraue, weder schlich sich, wie am Flughafen, ein Lächeln in sein Gesicht, noch ein Leuchten in seine Augen. Er wirkte müde und seine Körperhaltung war nicht die, die sie kannte. Die Spannung, die Energie fehlte. Er wirkte niedergeschlagen und einsam, trotz Alexanders Begleitung.

„Hallo, Tabea." Alexander umarmte sie freundschaftlich, während sie den Blick nicht von Till reißen konnte.

„Geht es dir gut?", war alles, was sie herausbrachte, sobald sie sich von Alexander gelöst hatte.

„Geht so, danke." Till steckte seine Hände in seine Taschen.

„Wie lange bist du noch hier?", fragte sie erstickt.

„Ein paar Tage." Till wirkte von Sekunde zu Sekunde unnahbarer.

„Und wohin ... wohin fahrt ihr dieses Mal?"

Tills rechte Augenbraue zuckte mehrmals. „Irak."

Wenigstens war er dieses Mal schonungslos ehrlich. Tabea hätte am liebsten die Arme nach ihm ausgestreckt, ihn in ihre Arme gezogen und ihre Nase in die Kuhle an seinem Hals versteckt. Doch die zwei Meter, die sie trennten, kamen ihr vor wie viele Kilometer. Dazu kam die Kälte, die er ausstrahlte, sie verfehlte ihre Wirkung nicht, wieder bekam sie Gänsehaut.

„Sei bitte vorsichtig", wisperte sie und fasste sich an die Brust.

„Bin ich doch immer."

Eisiges Schweigen breitete sich aus, bis Alexander sich räusperte. „Vielleicht sollte ich euch ja mal kurz ..."

„Nichts da, Alex." Till schlug Alexander auf die Schulter. „Pia wartet auf uns. Mach's gut, Tabea."

Er streifte sie mit einem kurzen Blick. Automatisch trat sie zur Seite, um die beiden vorbeizulassen. Alexander warf ihr einen bedauernden Blick zu, zuckte mit den Achseln und folgte seinem Freund. Als er Tabea passierte, hörte sie ein leises: „Nimm's nicht so tragisch, Tabea."

Das Leben ist so ungerecht, dachte Tabea. Da verliert man ausgerechnet sein Herz an jemanden, an den man es nicht verschenken will. Sie hätte gleichzeitig jubeln und weinen können. Jubeln darüber, dass ihr Herz sich wieder öffnen konnte und in Tränen ausbrechen, dass sich ihr dummes Herz dafür ausgerechnet Till ausgesucht hatte.

Till, der mit Alexander seinen Weg zog – einen Weg, der Till demnächst also wieder in die nächste Gefahrenzone führen würde.

„Nimm dich bitte in Acht", flüsterte sie seiner Silhouette hinterher, die schon fast nicht mehr sichtbar war.

„Mist!" Alexandra Frey zerriss das Papier in kleine Fetzen und beförderte diese dann in den Papierkorb, der schon am Überquellen war. „Ich kann das nicht!"

„Was kannst du nicht?" Christian lugte über ihre Schulter.

„Ich kann eine Geschichte, die ich erzählen will, nicht von vornherein in Kapitel aufteilen. Woher soll ich denn jetzt schon wissen, wie und wann meine Kommissarin den Fall löst und in welchem Kapitel wir uns dann befinden. Und vor allem weiß ich nicht, welches Motiv der Mörder hat." Alexandra ließ den Kopf hängen und stöhnte auf.

„Und warum ist das so wichtig?"

„Frag meinen Coach." Alexandra legte das Kinn auf ihren aufgestützten Arm und sah Christian lächelnd an. „Sie will bis Freitag in einer Woche eine Kapitelstruktur mit kurzer Inhaltsangabe. Was habe ich mir da nur angetan. Bisher hab ich einfach nur vor mich hingeschrieben und es hat immer irgendwie gepasst."

„Du wolltest doch unbedingt weiterkommen, also heißt es jetzt eben: Lernen, lernen und nochmals lernen." Christian neigte sich und drückte ihr einen Kuss auf die Wange. „Du schaffst das, Schatz."

„Manchmal glaube ich das nicht." Alexandra seufzte und erkannte, dass er eine Einkaufstasche in der Hand hielt. „Wo willst du denn jetzt noch hin?"

„Wir haben kein Brot mehr, kann das sein?"

„Ach Mist, das habe ich vergessen. Warte!" Alexandra stand auf, legte die Arme um seinen Hals, küsste ihn auf seine Wange und strich mit der Hand durch seine dichten Haare. „Danke!"

„Wofür?", fragte er und sah sie irritiert an.

„Dafür, dass du für uns da bist, dass du mich liebst und meine Launen erträgst."

Christian breitete die Arme mit den Handflächen nach oben weit aus. „Du bist gut! Warum sollte ich deine Launen nicht ertragen, du erträgst ja auch meine."

Alexandra legte die Hand auf seinen Arm. „Ich habe übrigens eine Entscheidung getroffen."

Christian verschränkte die Arme und sah sie neugierig an. „Ich höre."

„Alles bleibt, so wie es ist. Ich werde den Buchladen behalten, er hat uns gute Jahre beschert und ich liebe diesen Job. Und ... ich werde diesen Krimi fertigschreiben und irgendwann wird er in meinem Laden zum Verkauf stehen."

„Und die Sterne?" Christian ließ nicht locker.

„Das bleibt ein Hobby, für das auch immer wieder Zeit sein wird."

Sie sahen sich für kurze Zeit schweigend in die Augen. Alexandra sprach nicht aus, was sie in diesem Moment genau wusste: Und wenn ich dieses Buch geschafft habe, dann werde ich auch Zeit und Platz in meinem Herzen für ein Baby haben.

Christian brach als Erster das Schweigen. „Das ist eine gute Entscheidung. Trage dein Baby hinaus in die Welt."

Chloé schnürte ihre Kletterschuhe fester und wischte sich mit dem Handtuch den Nacken ab. Die neuen Routen hatte sie heute problemlos geschafft. Sie sah den anderen Sportlern zu, die sich an den Wänden versuchten. Manchmal war sie richtiggehend neidisch. Früher hatte sie mit Leichtigkeit solche Routen geklettert, doch sie war jünger gewesen, und hatte einen festen Kletterpartner gehabt, auf den sie sich tausendprozentig hatte verlassen können.

Schon auf der Highschool und später auf dem College war das Klettern ihr Hobby gewesen und manchmal reizte es sie, sich wieder an solchen Routen zu versuchen oder in der Natur in den Felsen zu klettern. Aber dazu brauchte man eben einen Partner, auf den man sich verlassen konnte.

Schon mehrmals hatte Chloé mit dem Gedanken gespielt, einen Zettel auszuhängen, dass sie einen Kletterpartner suchen würde und es dann doch unterlassen. Ihre Dienstzeiten waren für andere Sportler unzumutbar und sie hätte wahrscheinlich viel zu oft kurzfristig einen Termin absagen müssen. Aber das Bouldern entschädigte sie inzwischen nur noch wenig, wenn sie an die Adrenalinschübe dachte, die das Klettern am Felsen freisetzen konnte – und an die Genugtuung und den Stolz, wenn man nach einer gelungenen Route auf dem Gipfel stand.

„Hey, Chloé. Das ist ja schön, dass wir uns treffen."

Chloé drehte sich um, die Stimme sagte ihr im ersten Moment nichts, doch dann erkannte sie Nia Klieber, die durch die Kletterhalle auf sie zuschlenderte. Heute trug Nia knielange Pants und ein neongelbes Top, das auf ihrer dunklen Haut hell leuchtete. Ihre durchtrainierten Oberarme und Schultern wurden dadurch noch mehr betont. Chloé musterte Nia ein wenig neidisch, dann dachte sie an ihre weit weniger schmalen Hüften und schalt sich eine Närrin.

„Hey, Nia." Chloé stand auf und streckte ihr die Hand zur Begrüßung entgegen. Nia schüttelte diese mit einem kräftigen Händedruck.

„Bist du schon fertig mit dem Training?", erkundigte sich Nia und stellte sich neben Chloé. Ihr Blick glitt zur Kletterwand auf der linken Seite, an der sich nur zwei Kletterer befanden.

„Nicht ganz, ich habe mir nur eine kleine Pause gegönnt."

„Welche Route hast du gemacht?", fragte Nia und schaute nun zu den Boulderwänden.

„Zwei bis sechs", sagte Chloé und erntete ein anerkennendes Lächeln.

„Hättest du mal Lust, dich an einer Wand zu versuchen?", wollte Nia wissen und deutete auf eine der Kletterwände.

„Aber nur mit Sicherung", meinte Chloé.

Nia verstand diese Spitze und grinste. „Selbstverständlich nur mit Sicherung." Sie verbeugte sich. „Ich stelle mich sehr gern als Partnerin zur Verfügung."

„Ich habe aber keine Ausrüstung", meinte Chloé.

„Kein Problem, ich hole dir welche." Nia eilte davon und Chloé sah ihr lachend nach. Witzig, dass genau jetzt Nia aufgetaucht war.

„Aber mach dir keine falschen Hoffnungen", meinte Chloé zu Nia, als die kurze Zeit später zurückkam und ihr einen Klettergurt überreichte. „Ich bin vor zehn Jahren das letzte Mal an so einer Wand geklettert."

„Macht ja nichts, ich habe Zeit", Nia grinste. „Bist du früher auch am Fels geklettert?"

„Ja, fast jedes Wochenende. Ich war in der Collegemannschaft. Wir sind immer freitags losgezogen und sonntags erst spät zurückgefahren." Chloé erinnerte sich gern. „Das waren tolle Zeiten, mit den Freunden in der Natur, bei Wind und Wetter. Alles war uns egal, nur das Klettern war wichtig. Schade, dass es diese Zeiten nicht mehr gibt."

„Man könnte ja neue Zeiten aufleben lassen." Nia merkte man ihre Begeisterung an. „Wenn du Lust hast, dann könnten wir ja mal ein Wochenende auf die Schwäbische Alb fahren? Ich kenne da ein paar geniale Klettergebiete."

Chloé sah Nia überrascht an. „Aber du weißt doch noch gar nicht, wie ich mich anstelle?"

Nia schüttelte den Kopf. „Bestimmt nicht schlecht. Bitte sehr ..." Nia deutete mit dem Kopf zur Wand. „Ich sichere, du kletterst, aber ...", Nia grinste Chloé an. „Mach langsam, du brauchst mir nichts zu beweisen."

„Pfff!" Chloé schnaubte. „Eine alte Frau ist kein Dampfzug."

Jetzt lachte Nia laut. „D-Zug meinst du wohl."

Chloé grinste. „D-Zug, gut. Nun ja, bin gespannt, ob ich das überhaupt schaffe." Sie starrte die Wand vor sich respektvoll an. Ihr geübter Blick erkannte jedoch sofort die Route, die sie versuchen würde und entdeckte den Punkt weit oben, an dem sie vermutlich scheitern würde. Chloé grinste in sich hinein, sie war routiniert genug, dann aufzugeben, wenn es genug war. Jetzt aber würde sie erst mal alles geben.

16

Tabea hob den Blick vom Sucher und wies die Trauzeugin an, den Saum des Brautkleides noch einmal zu überprüfen. Erst als sie zufrieden war, drückte sie auf den Auslöser.

Es waren erst wenige Tage vergangen, seit sie Till getroffen hatte. Tabea hatte versucht, die Erinnerungen an Till einfach auszublenden, so als hätte es die wunderschönen Stunden nie gegeben. Doch das schien mal besser, mal weniger gut zu gelingen. Heute war ein Tag, wo es wohl weniger gut ging – Tabea hatte total miese Laune.

Dabei stach die Augustsonne gnadenlos vom Himmel, nur die eine oder andere Brise sorgte immer wieder für eine willkommene Abkühlung. Kurzum, es war ein herrlicher Tag zum Heiraten.

Braut und Bräutigam strahlten mit der Sonne um die Wette. Selbst Tabeas ständig neue Anweisungen, die nötig waren, um optimale Bilder zaubern zu können, konnte die Laune der beiden nicht trüben. Im Gegenteil, der Bräutigam schien mehr und mehr aufzublühen und die Nervosität zu Beginn der Fotosession war vergessen. Genau so sollte es sein. Nur dann konnte sie dem Brautpaar später die Bilder präsentieren, die sie sich gewünscht hatten. Fröhlich, strahlend und mit dem Ausdruck von Glückseligkeit, wie sie ein verliebtes Paar nur an seinem Hochzeitstag ausstrahlte.

„Super!" Tabea hielt den Daumen kurz nach oben und drückte mehrfach auf den Auslöser. „Jetzt gehen wir am besten noch zu den Bäumen am Ufer, wenn Sie nichts dagegen haben."

Die Braut schüttelte lachend den Kopf, schnappte sich ihren Brautstrauß, der neben ihr auf einem Baumstumpf abgelegt war, und zog ihren frischgebackenen Ehemann mit sich fort. Tabea packte ihre Ausrüstung. Es tat weh, diese glücklichen Pärchen zu sehen und zu wissen, dass ihr das nicht vergönnt sein würde. Ihr war sehr wohl bewusst, dass sie inzwischen mehr damit kämpfte, die Enttäuschung mit Till zu verdauen, als um Jörn zu trauern.

Das schlechte Gewissen hatte sie ad acta gelegt, als ihr die Erkenntnis gekommen war, dass sie wieder voll am Leben teilnahm. Schließlich war sie jung und hatte noch viele Jahre vor sich, auch wenn ihr neues Leben nach Jörn mit einer herben Enttäuschung begonnen hatte. Das Leben ging weiter und schon in fünf Wochen würde sich Jörns Todestag zum ersten Mal jähren. So schnell raste die Zeit dahin.

Till musste inzwischen im Irak sein. Ob er bei Pia im Fotostudio gewesen war und sich verabschiedet hatte, hatte sie nicht zu fragen gewagt. *Okay, sie hatte doch nicht alle Gedanken an ihn vermeiden können*, gab sie zu, während sie ihre Tasche schnappte und endlich dem Brautpaar ans Ufer folgte, das sich dort küssend umarmte.

Wenn sie an die Leidenschaft, ihr rasendes Herzklopfen und die glückselige Zufriedenheit in seinen Armen dachte, konnte sie das Brautpaar verstehen, das kaum die Finger von einander lassen konnte.

„Na, du lächelst aber irgendwie eher grimmig. Was ist los, Tabea?" Sven, der das Brautpaar vor ein paar Stunden getraut hatte und die Einladung zum Kaffee angenommen hatte, gesellte sich zu Tabea.

„Es ist heute nicht mein Tag." Tabea sah zu ihm auf. Seit dem Abend, an dem sie mit ihm und Vanessa beim Basketballspiel gewesen war, hatte sie ihn nicht mehr gesehen. Es war ein lustiger, sehr unterhaltsamer Abend gewesen. Vanessa und sie waren eher damit beschäftigt gewesen, zwei Fans zu beobachten, die offensichtlich schon sehr angetrunken, in der MHP-Arena verzweifelt ihren Sitzplatz gesucht hatten und bei den anderen Zuschauern nicht unbedingt auf Verständnis stießen. Selbst der Ordner war etwas irritiert und nach langem Hin und Her, hatten die beiden einfach auf den Stufen Platz genommen und sich – zur Belustigung von Vanessa und ihr, statt dem Spiel zu folgen, ihrem Bier gewidmet.

„Wie lange musst du noch arbeiten?", fragte Sven in diesem Moment, riss sie aus ihren Erinnerungen und half ihr mit ihrem Stativ.

„Nur noch die Familienbilder. Den Rest macht ein Familienangehöriger." Sobald sie an dem Platz waren, den sie vorher schon mit einem Bändchen markiert hatte, dirigierte sie die Frischvermählten und deren Familienangehörigen in die richtige Position. Sven unterstützte sie tatkräftig dabei und brachte die Familie immer wieder zum Lachen. Fünfundzwanzig Minuten später waren sie fertig. Tabea verabschiedete sich von der Hochzeitsgesellschaft und dem Brautpaar und die beiden kündigten an, nächste Woche vorbeizukommen, um die Bilder zu begutachten. Tabea, die wusste, dass Brautpaare keine Geduld hatten, war darauf vorbereitet.

„Wo ist Vanessa?", fragte Tabea und schraubte ihre Kamera ab.

„Sie durfte mit ihrer Freundin eine Woche nach Österreich fahren. Ich verreise mit ihr erst in den letzten Sommerferienwochen und momentan habe ich so viele Termine, dass sie ständig allein wäre."

„Wo geht's hin?", erkundigte sich Tabea und schloss ihre Kameratasche.

„Sie wollte nach Irland." Sven zuckte mit den Schultern.

„Du lässt sie raussuchen, wohin ihr in Urlaub fahrt?"

„Naja, sie hat es nicht leicht mit mir. Ich bin sehr oft unterwegs und da dachte ich, so als kleine Entschädigung ..." Sven wirkte etwas verunsichert. „Bin ich ein schlechter Vater?"

„Quatsch! Ich find das toll. Kann allerdings auch mal kostspielig werden." Tabea lachte ihn aus. Dabei fiel ihr auf, wie wohl sie sich in seiner Gegenwart fühlte.

„Hast du heute Abend schon was vor? Wir könnten doch ins Kino", schlug sie spontan vor.

„Das ist jetzt echt blöd. Ich bin bei meinen Eltern zum Essen. Schade, Tabea." Sven kratzte sich am Kinn. „Aber, warum kommst du nicht mit?"

„Ich glaube nicht, dass deine Mutter begeistert wäre", warf Tabea ein.

„Oh, das glaube ich aber schon." Jetzt lachte er breit. „Sie redet immer noch von dir."

„Also gut, dann lasse ich mich gerne dazu überreden." Tabea war schnell zu überzeugen.

Sven strahlte. „Ich hole dich gegen sechs ab."

Tabea freute sich darauf, heute Abend nicht allein zu sein, und war ihm dankbar, dass er ihr half, ihre Fotoausrüstung zum Auto zu transportieren.

Probiere die Männer aus! Genau, das würde sie jetzt tun.

„Ach, Tabea, das ist ja nett, dass Sie mitgekommen sind." Frau von Rittenstein schien ehrlich erfreut und ließ zu Tabeas Belustigung, ihre Hand gar nicht mehr los, sodass Tabea das Ehepaar Hollbach, das ebenfalls anwesend war, gar nicht begrüßen konnte.

„Danke, dass ich kommen durfte."

„Du kennst ja meine Ex-Schwieger...", Tabea zog die Augenbraue amüsiert nach oben, als Sven ins Schleudern kam: „Also meine Schwiegereltern, geschieden bin ich ja immer noch nicht."

„Irgendwie werden wir auch immer deine

Schwiegereltern bleiben. Ja, wir kennen uns", kam ihm Friederike erstaunlicherweise zu Hilfe. Das Verhältnis zu ihr hatte durch das gemeinsame Projekt eine kleine Annäherung erfahren.

„Frau Hollbach, schön Sie wiederzusehen." Tabea gab allen die Hand und man unterhielt sich noch eine Weile, bis Frau von Rittenstein schließlich zu Tisch bat. Erstaunt hatte Tabea zur Kenntnis genommen, dass die Schlossherrin selbst kochte und außer ihrer Assistentin gar keine Angestellten hatte. *Typische Vorurteile*, tadelte sich Tabea und ließ sich von Sven den Stuhl zurechtrücken.

Im weiteren Verlauf des Abends merkte Tabea, wie normal die Familie von Rittenstein wirklich war. Sie benahmen sich nicht anders, als sie es aus ihrer Familie gewohnt war. Es wurde gelacht, getratscht und sogar gelästert.

Sven erzählte von amüsanten Begebenheiten, die er in der Woche erlebt hatte und einzig der Umstand, dass sich Martin Hollbach nicht richtig wohlzufühlen schien, trübte etwas die Stimmung.

„Ich gehe mal kurz Luft schnappen", entschuldigte sich Martin Hollbach gegen zweiundzwanzig Uhr und trat durch eine der hohen Terrassentüren ins Freie.

„Soll ich mit?", fragte seine Frau, doch er schüttelte den Kopf und verschwand in der Dunkelheit.

„Was er wohl hat? Martin fühlt sich schon seit Tagen so schlapp." Friederike Hollbach klang besorgt.

„Vielleicht hat er sich eine Sommergrippe eingefangen. Er sollte mal zwei Tage zu Hause bleiben." Claus von Rittenstein schenkte Wein nach und Tabea, die mittlerweile zwischen guten und schlechten Sorten zu unterscheiden gelernt hatte, nippte an ihrem Glas. Der hellrote Wein schmeckte leicht und fruchtig und nach mehr.

„Das sagt der Richtige. Martin gönnt sich genauso viel Ruhe, wie du dir auch." Theresa von Rittenstein drückte liebevoll die Hand ihres Mannes, der sie anlächelte.

Tabea fühlte sich ausgesprochen wohl und aufgenommen in dieser Runde. Sven war auch privat sehr angenehm und unaufdringlich. Er konnte sogar sehr witzig sein, wie sie heute Abend herausgefunden hatte.

Theresa von Rittenstein und Friederike Hollbach gingen in die Küche, um etwas Gebäck zu holen und als sie zurückkamen, wunderte sich Friederike, dass ihr Mann immer noch nicht zurück war.

„Ich gehe ihn jetzt doch mal suchen", meinte sie und Theresa von Rittenstein schloss sich ihr an.

„Vanessa hat heute angerufen und erzählt, dass sie jetzt reiten kann. Ich hoffe bloß, sie will jetzt nicht auch noch Reitunterricht", begann Sven zu erzählen.

„Wann fängt sie mit dem Klavierunterricht an?", erkundigte sich Claus von Rittenstein.

„Direkt nach den Sommerfer..."

„Svee-en, Claa-aus, kommt schnell", lautes aufgeregtes Rufen war zu hören und beide Männer sprangen blitzschnell auf. Tabea folgte mit einem ganz miesen Gefühl in der Bauchgegend.

Schon von weitem sahen sie die Frauen vor einem langgestreckten Körper knien. Claus von Rittenstein drehte auf der Stelle um.

„Ich hole eine Lampe. Rufen Sie bitte den Notarzt!", wies er Tabea an und eilte davon.

Sven begann die letzten Schritte zu rennen und kniete neben Martin Hollbach nieder. Er fühlte den Puls, kontrollierte die Atmung und begann augenblicklich mit der Herzdruckmassage. Tabea wagte nicht näherzukommen und sprach hektisch mit der Leitstelle.

„Wir sind hier auf Schloss Dischenberg in Eschingen. Wir haben einen Schlaganfall oder einen Herzinfarkt", vermutete sie ins Blaue und nannte noch ihren Namen und die Daten, die der Angestellte in der Rettungsstelle von ihr wissen wollte. Ihre Hand, die das Handy umklammerte, zitterte.

Plötzlich kam Claus von Rittenstein zurück. Eine große Taschenlampe spendete genügend Licht, dass Tabea erkennen konnte, wie Theresa von Rittenstein ihre weinende Freundin in den Armen hielt, während Sven weiter die Herzdruckmassage ausübte.

Schon Minuten später waren die Geräusche eines Hubschraubers zu hören, der mit hellen Landescheinwerfern ausgestattet, im Anflug war. Er kreiste über dem Schloss und landete dann auf der Wiese vor dem Gebäude.

Gleich darauf waren die Ärztin, die Tabea sofort als Heidi Wartmann, Christians Mutter, identifizierte und ein Rettungssanitäter zur Stelle und übernahmen die Versorgung. Sven trat zurück und redete mit seiner Mutter und Friederike Hollbach, dann erst kam er zu Tabea und zog sie an seine Seite. Sie merkte an seinen stoßweisen Atemzügen, wie viel Kraft ihn das gekostet hatte.

Automatisch griff sie nach seiner Hand und drückte sie. „Ich weiß, es hört sich blöd an, aber entspann dich etwas. Sie werden tun, was sie können."

„Ich weiß", Sven nickte abwesend.

Als der Hubschrauber eine Dreiviertelstunde später, mit dem immer noch in akuter Lebensgefahr schwebenden Martin Hollbach an Bord, wieder startete, standen alle am Rande der Wiese, bis das Geräusch der Rotoren verklungen war. Erst dann erwachten sie aus ihrer Erstarrung. Theresa von Rittenstein hielt immer noch Friederike Hollbach im Arm und Claus von Rittenstein stand dicht daneben, während Tabea und Sven etwas abseits standen.

„Ich fahre dich heim, dann folge ich den anderen in die Klinik." Sven wischte sich mit den Handflächen über die Augen. „Es tut mir leid, dass der Abend so enden musste."

„Sven, ich bitte dich. Kümmere du dich um deine Familie, ich kann mir auch ein Taxi rufen."

„Nein, das passt schon." Er nahm Tabea an der Hand und ging mit ihr zu den anderen. „Mama, ich fahre Tabea heim, dann komme ich nach."

Seine Mutter nickte und flüsterte mit Friederike Hollbach, die wie im Schock war und sich führen ließ, wie ein kleines Kind.

Friederike Hollbachs Hand zitterte, als sie verzweifelt versuchte, das Handy zu bedienen. Schließlich gab sie auf und reichte es Sven, der neben ihr saß. Auf der anderen Seite saßen seine Eltern – gemeinsam bildeten sie den Schutzschild und die Unterstützung für Friederike.

„Kannst du bitte Daniela anrufen, ihre Nummer ist gleich vorn auf dem Display abgespeichert."

Sven nickte und fand die Nummer auf Anhieb. Er drückte auf *Verbindung* und wollte es Friederike zurückgeben, doch die schüttelte den Kopf. „Bitte sprich du mit ihr."

Wieder nickte er und wartete ab, bis abgenommen wurde. Zum ersten Mal seit mehr als zwei Jahren würde er nun mit seiner Frau sprechen.

„Mama?", meldete sich Daniela und er fühlte einen Stich in seinem Herzen.

„Äh, nein. Sorry, Daniela, aber ich bin es – Sven." Er schluckte den Kloß hinunter, der tief und hart in seiner Kehle saß.

„Sven? Ha-llo", meinte Daniela zögernd, dann sprudelte es aus ihr heraus: „Ist irgendwas passiert?"

„Äh, ja." Sven drehte sich um, da er die Blicke seiner Eltern und Friederikes Tränen nicht mehr ertragen konnte. „Dani, es tut mir leid, aber dein Vater hatte einen Herzinfarkt und es sieht kritisch aus. Wäre ... wäre es dir möglich, hierher zu kommen?", fragte er und setzte hinzu: „Dein Bruder ist mit seiner Familie auf

Kreta, die bekommen frühestens morgen Mittag einen Flug nach Deutschland. Kannst du kommen? Bitte!"

„Wo seid ihr jetzt?"

„Im Krankenhaus in Eschingen."

„Ich ... ich muss aber kurz was klären.

Er merkte, wie Danielas Stimme brach und hörte, wie sie einen Moment brauchte, um sich zu fangen. Die Sekunden vergingen, dann hörte er sie aufgeregt mit einer tiefen Männerstimme sprechen. Svens Herz krampfte sich zusammen, als ihm bewusst wurde, dass seine Frau seit Jahren ein eigenes Leben führte, in dem vermutlich auch andere Männer eine Rolle spielten.

„Ich bin in einer Stunde bei euch", erklärte Daniela dann zu seiner Überraschung.

„In einer Stunde? Wie soll das gehen?", hakte er nach.

„Ich bin in Karlsruhe. Wir fahren sofort los. Wir reden nachher." Daniela legte einfach auf und Sven starrte sprachlos auf das Handy in seiner Hand.

„Kommt sie nicht?", fragte Friederike fast tonlos und schaute ihn tränenblind an.

„Doch ... Sie ist in einer Stunde da." Sven trat näher und reichte Friederike ihr Handy. „Sie ist in Karlsruhe. Das glaube ich nicht. Sie ist in Deutschland und hält es nicht für nötig, ihre Familie zu besuchen."

Fassungslos drehte er ab und stapfte wütend den Gang entlang, bis er zum Fenster gelangte und dort gegen den Fenstersims hieb.

„Sven!" Seine Mutter war ihm gefolgt und legte den Arm um seine Schultern. „Sie wird ihre Gründe haben."

„Mama, es geht mir so tierisch auf den Keks, dass

du Daniela ständig in Schutz nimmst." Svens ganze Verbitterung klang aus diesen Worten.

„Ich nehme sie nicht in Schutz. Ich bin mir nur sicher, dass sie zurückkommen wird, wenn die Zeit reif dafür ist."

„Sie kann bleiben, wo der Pfeffer wächst", polterte Sven los und schlug wieder auf den Fenstersims.

Schon seit zehn Minuten tigerte Sven im Flur vor dem Aufzug hin und her. Daniela und wer auch immer, mussten eigentlich jede Minute ankommen.

„Wir fahren sofort los", dieser Satz lief wie in einer Endlosspirale in seinem Kopf. Noch immer wusste er nicht, wie er sich ihr gegenüber verhalten sollte und noch immer war er enttäuscht, dass sich Daniela in Deutschland aufhielt und nicht gemeldet hatte – weder bei ihm, noch bei ihren Eltern oder wenigstens bei ihrer Tochter. Erneut öffneten sich die Aufzugtüren und er riss die Augen auf.

Voller Überraschung starrte er das Pärchen an, das aus dem Aufzug trat. Der Hüne an Danielas Seite, hatte einen Arm um ihre Schultern gelegt und redete auf sie ein. Sie nickte, schaute dann auf und entdeckte ihn. Kurz stockte sie, dann hob sie grüßend die Hand und die beiden kamen auf ihn zu. Er ignorierte den Mann an ihrer Seite und ließ Daniela dafür nicht aus den Augen. Es war ihm, als sähe er sie zum ersten Mal. In gewisser Hinsicht tat er das auch, denn die Frau, die da selbstbewusst und kerzengerade auf ihn zueilte, kannte er nicht.

Lässig in Jeans und Lederjacke gekleidet, die langen blonden Haare wippten bei jedem der eiligen Schritte auf und ab. Das Klackern modischer Westernstiefel auf dem Steinboden hallte wie ein Echo in seinen Ohren. Erst im letzten Moment wandte er den Blick von Daniela zu ihrem Begleiter, zu dem er aufschauen musste. Stechend helle Augen fixierten Sven und taxierten ihn, dass er sich zunehmend unwohl fühlte.

„Hallo, Sven." Daniela rüttelte ihn an der Schulter, als er nicht reagierte. „Sven, lebt mein Vater noch?"

Wie in Trance blickte er erst seine Frau, dann ihren Begleiter an und bemerkte, dass die beiden jetzt Händchen hielten. Er raffte sich schließlich zu einem Nicken auf.

„Ja, er lebt", meinte er und rang seine Eifersucht nieder.

„Gott sei Dank!" Daniela stieß erleichtert die Luft aus. „Richard, das ist Sven ... mein Mann. Sven, das ist Richard Cleary."

„Hallo, I am glad to meet you." Ein tiefer Bass hallte laut im Flur und in Svens Ohren.

Sven verkniff sich eine scharfe Antwort und erwiderte stattdessen ungerührt den festen Händedruck. Ihm war Danielas Zögern nicht entgangen, auch nicht, dass Daniela keine weitere Erklärung anfügte. Er würde sich jedoch die Zunge abbeißen, bevor er fragen würde, welche Rolle Richard Cleary in Danielas Leben spielte.

Wohl eine große, denn Danielas Veränderung war nicht zu übersehen: *Wo war die verunsicherte Frau geblieben, die er in Cardiff zurückgelassen hatte?*

Wo die graue Maus, die hinter scheußlichen Klamotten Schutz gesucht hatte und wo war die Schminke, mit der sie versucht hatte, die Narben zu verdecken?

Die Frau, die heute vor ihm stand, war ungeschminkt, trug statt der strengen schwarzen nun eine randlose, völlig unauffällige Brille. Und ihr schien es völlig schnuppe, dass die Narbe auf ihrer Wange jedem sofort ins Auge stach.

Wer um Himmels willen war diese Frau? Und was hatte Richard Cleary, was er nicht hatte?

Er hatte alles versucht, die Mauer, die sie nach dem Unfall errichtet hatte, zu durchbrechen. Schließlich hatte er resigniert. Richard hatte es geschafft und Danielas Wandlung haute ihn um.

Die Energie, die sie schon von Weitem ausgestrahlt hatte, konnte er nun auf kurzer Distanz fast greifbar fühlen.

„Ich würde jetzt gerne zu meinem Vater gehen", erinnerte ihn Daniela wieder an den Grund ihres Kommens. Sie rieb ihre linke Hand, eine vertraute Geste, die einen schmerzhaften Stich verursachte.

„Entschuldige." Er rieb sich die müden Augen. „Das geht leider nicht. Er ist immer noch im OP. Aber ich bringe euch in den Wartebereich. Dort sind deine Mutter und meine Eltern." Sven erkannte nun, dass Danielas Augen voller Angst und Sorge waren und es stimmte ihn etwas milder. Er deutete den Weg an und alle drei setzten sich in Bewegung. „Tut mir leid, dass wir uns unter diesen Umständen wiedersehen."

Daniela schaute zu ihm auf und nickte. „Wie geht es Mama?", fragte sie angespannt.

„Sie hält sich tapfer." Sven konnte nicht umhin, die Frau an seiner Seite immer wieder ungläubig zu mustern. Daniela wirkte nicht nur äußerlich völlig verändert. Auch ihr Gang war federnd, ihr Kopf erhoben und so schritt sie neben ihm den Krankenhausflur entlang. Ihren Begleiter, der wieder den Arm schützend um Daniela gelegt hatte, blendete er aus.

Stattdessen fühlte er sich um fünfzehn Jahre in die Schulzeit zurückversetzt. Genau so selbstbewusst war sie gewesen, als er sich in sie verliebt hatte. Sie war der Schwarm aller Mitschüler gewesen, flippig, lustig, beliebt und immer von der Clique umringt. Doch später, als der Unfall all ihre Träume zerstört hatte, hatte sie sich völlig verändert. Alle Hilfe von seiner Seite war vergebens gewesen, sie hatte sich schließlich für ihre Freiheit entschieden.

„Weißt du, was passiert ist?", erkundigte sich Daniela.

„Deine Eltern waren auf dem Schloss. Martin hat sich schon den ganzen Abend nicht wohlgefühlt." Sven drückte auf den Türöffner an der Seite des Ganges, der die Türen zu den Warteräumen vor den Operationssälen aufgehen ließ. Alle hoben den Kopf und Friederike sprang auf, als sie Daniela sah.

„Mama!" Daniela machte sich von Richard Cleary frei und rannte los.

„Dani, Gott sei Dank." Die beiden Frauen trafen sich nach ein paar Schritten und umarmten sich schluchzend. Über ihre Köpfe hinweg kreuzte Sven mit seiner Mutter stumm die Klingen, die ihn mit Blicken bat, nachsichtig zu sein.

„Oh, Mama. Ich bin so froh, dass ich in der Nähe war."

Sven dachte, er hätte sich verhört, doch er zuckte nicht mal mit der Wimper, vergrub seine Hände in den Hosentaschen und ließ sich neben seiner Mutter wieder auf den unbequemen Plastikstuhl sinken.

Er starrte auf den Boden und sah erst wieder auf, als Daniela seine Eltern begrüßte, die sie umarmten. Er erkannte, dass Richard sich immer noch im Hintergrund hielt, dann jedoch wie Friederike auf ihn aufmerksam wurde und auf ihn zuging. Gleichzeitig öffneten sich die Türen der Intensivstation und ein Arzt trat heraus.

„Sind Sie die Angehörigen von Herrn Hollbach?"

Daniela nickte und trat blitzschnell neben ihre Mutter, um ihr mit einem Händedruck Schutz zu geben.

Wieder wunderte sich Sven, wie Richard es geschafft hatte, aus seiner sich selbst aufgebenden Frau diese Person zu machen, die anderen Rückhalt bot? Er hörte kaum die Worte, die der Arzt zu Friederike und Daniela sagte. Erst als seine Mutter aufschluchzte und sich in die Arme seines Vater flüchtete, begriff er, dass Martin Hollbach den Herzinfarkt nicht überlebt hatte.

17

Flirrende Hitze, staubige Luft und eine Kamera, die ständig versagte.

„Stopp!" Till hob die Hand und unterbrach damit die Dreharbeiten. „Das blöde Ding streikt schon wieder."

Till fluchte nicht zum ersten Mal. Er nahm die VariCam von der Schulter und entfernte die Zellophan-Hülle, mit der er die empfindlichen Knöpfe und Schieberegler vor dem Wüstensand zu schützen versuchte. Doch der Wind schaffte es immer wieder, die mikroskopisch kleinen Sandkörner in jede noch so winzige Ritze der Kamera zu pusten, dass entweder die Mechanik oder die Objektive klemmten. Schon wieder waren sie seit Wochen im Irak und seit Stunden damit beschäftigt, in der irakischen Pilgerstadt Samarra die Aufnahmen mit dem Reporterteam fertigzustellen. In dieser Stadt stand eines der wichtigsten schiitischen Heiligtümer, die große Moschee von Samarra.

Dieses Spiralminarett stand außerdem seit Jahren auf der Roten Liste der UNESCO und galt als *Weltkulturerbe in Gefahr.* Sie hatten den Auftrag, genau dieses gefährdete Gebäude in einer Dokumentation für die

Nachwelt festzuhalten. Zwar war der Irakkrieg offiziell seit 2011 beendet, doch immer wieder wurde das Land von Anschlägen erschüttert. Auch die Kämpfer von Al-Qaida und andere Terrororganisationen waren im Irak aktiv. Bei diesem Minarett war zu befürchten, dass es auch über kurz oder lang in Mitleidenschaft gezogen wurde.

Seit zwei Tagen schon herrschte spannungsgeladene Unruhe in der Gegend. Die UN-Truppen waren in Alarmbereitschaft und dem Fernsehteam war eine weitere Abordnung zur Seite gestellt worden, die sich zwar im Hintergrund hielt, aber ständig präsent war. Damit führten sie dem Team die Gefährlichkeit dieser Mission ständig vor Augen.

Und wieder verspürte Till Angst. Er, der jahrelang in den schrecklichsten Kriegsgebieten im Einsatz gewesen war, und der es sogar als seine Berufung betrachtet hatte, den Menschen in aller Welt, diese schrecklichen Bilder zu übermitteln. Er, der furchtlos, jedoch wachsam mit seiner Kamera Kämpfe aus nächster Nähe gefilmt hatte – hatte zunehmend panikartige Gedanken und Sorgen.

Das Zusammentreffen mit Tabea ein paar Tage vor seiner Abreise hierher hatte ihn nachhaltig erschüttert. Bei ihrem Anblick war ihm klar geworden, dass die Gefahr, in die er sich jedes Mal begab, es nicht wert war, dafür auf eine Liebe zu verzichten. Noch vor der Abreise hatte er den Sender davon in Kenntnis gesetzt, dass dies sein letzter Auslandseinsatz sein würde. Sein Team hatte auf diese Ankündigung respektvoll reagiert und es war den Einzelnen sogar anzumerken gewesen, dass auch sie solche Gedanken in sich trugen.

Wochenlang hatte er mit sich gerungen, doch noch Kontakt zu ihr aufzunehmen, und es immer wieder unterlassen. Gestern war sein Wunsch, Tabea noch einmal seine Gefühle für sie mitzuteilen, übermächtig geworden. Seine Finger waren abends nur so über die Tasten geglitten, hatten Sehnsüchte zu Worten geformt und hatten sogar die Frage auf eine gemeinsame Zukunft gestellt, wenn er bereit wäre, seinen Job zu kündigen. Er hatte ihr erklärt, dass er bereits mit seinem Auftraggeber Kontakt aufgenommen und um eine Versetzung gebeten hatte. Nachdem er eine Stunde lang umformuliert und gezögert hatte, hatte er schließlich voller Hoffnung die Mail abgeschickt.

Und nun saß er hier am Rande des Tigris wie auf Kohlen und wollte doch eigentlich nur eines: So schnell wie möglich wieder in die Nähe des Hotels, wo er seine Mails checken konnte.

„Till, wird das heute noch was? Die Hitze ist unerträglich. Lass uns fertigmachen, damit wir ins Hotel zurückkommen." Sein Kollege sprach ihm aus der Seele. Inzwischen hatte er es mit Pinsel, Pusten und mehreren gröberen Handgriffen geschafft, das Objektiv wieder freizubekommen. Seine Blicke wanderten wieder zu seinem Toningenieur, der sich zu den anderen Kollegen gesellt hatte, die sich schwatzend auf den Stufen niedergelassen hatten und die Pause dazu nutzten, sich zu erfrischen.

Gerade als Till seine Kamera wieder schultern wollte,

explodierte vor seinen Augen ein greller Feuerball. Eine dumpfe Explosion folgte, deren Luftverwirbelungen ihn von den Füßen riss. Schüsse zerrissen die unheimliche Stille, die der Explosion gefolgt war, lautes Klagen und Schreie waren zu hören. Menschen flohen panikartig in alle Richtungen.

Ein Soldat der UN-Truppen stürmte nach vorn, riss ihn hoch und stellte sich schützend vor ihn. Ein weiterer Schuss knallte, der UN-Soldat stürzte vor ihm auf den Boden. Maskierte Araber stürmten auf den Platz und zerrten ihn und seine Kollegen zu mehreren Jeeps, die aus dem Nebel auftauchten.

Plötzlich spürte er einen heftigen Schlag im Rücken, der ihn von den Beinen riss. Mit dem Gesicht voraus landete er im Staub.

„Bist du sicher, dass es hier irgendwo eine Gastwirtschaft gibt", erkundigte sich Tabea und sah sich in den Weinbergen um, in die Sven sie geführt hatte.

„Todsicher! Sei nicht so ungeduldig." Sven lächelte und zog sie weiter. „Wir müssen noch ein Stückchen hinauf. Ich habe extra einen Weg rausgesucht, wo die Weinlese schon zu Ende ist, sonst könnten wir hier keinen Spaziergang machen."

Der September neigte sich dem Ende zu und damit begann auch bald die Zeit, in der Pia nicht mehr im Fotostudio mithelfen würde. Wie es weiterging, war immer noch nicht klar. Vier Wochen waren seit Martin Hollbachs Tod vergangen. Auch Tabea hatte der plötzliche Tod von Svens Schwiegervater sehr traurig gestimmt. Sie hatte Martin Hollbach während ihrer Fotoaufnahmen als witzigen, allseits beliebten Kellermeister kennengelernt, der ihr immer wieder geduldig die vielen Fragen beantwortet hatte.

Die Beerdigung hatte gezeigt, wie viele Menschen um den Sechzigjährigen trauerten und seiner Familie Unterstützung boten. Die Trauerfeier selbst war für Sven als Pfarrer ein Kraftakt gewesen, den er jedoch sehr professionell bewältigt hatte. Tabea hatte sich abseits gehalten und trotzdem hatte Sven sie bemerkt und noch auf dem Friedhof das Gespräch mit ihr gesucht.

„Es tut mir leid, Tabea. Ich weiß momentan nicht, wo mir der Kopf steht. Aber sobald ich einen Tag frei habe, lass uns bitte etwas gemeinsam unternehmen." Bittend hatte er sie angesehen und ihre Hand gehalten.

Und endlich hatte es geklappt. Seit zwei Stunden spazierte sie mit Sven durch die Weinbergen rund um Eschingens Steillagen und sie lauschte seinen Erzählungen von der Lese, bei der er mitgeholfen hatte. Auf Schloss Dischenberg war der Alltag noch lange nicht eingekehrt. Der Tod Martin Hollbachs hinterließ auch im Weingut eine riesige Lücke und Svens Bruder versuchte zumindest durch seine Rückkehr, diese teilweise zu füllen.

Tabea dachte an etwas anderes. „Vanessa war ziemlich sauer, dass wir sie nicht mitgenommen haben."

„Die soll sich nicht so anstellen. Wenn sie in ein paar

Jahren mal eine Verabredung hat, gehe ich ja auch nicht mit."

„Haben wir das?", fragte Tabea und sah Sven von der Seite an. „Eine Verabredung?"

Sven blieb stehen und sah sie einen Moment irritiert an. „Tabea, ich weiß, ich schleppe einen Berg Probleme mit mir herum. Ich bin nicht geschieden und ich weiß nicht, wie es weitergeht, weil Daniela und Vanessa sich permanent aus dem Weg gehen." Er zuckte mit den Schultern und wirkte hilflos. „Ich bin gespannt, wie es heute mit den beiden läuft."

„Vanessa liebt ihre Mutter. Das merkt man doch. Die beiden wissen nur nicht, wie sie nach der langen Trennung miteinander umgehen sollen."

„Woher soll Vanessa *das* denn wissen, wenn *ich* die Frau nicht mal kenne, die da plötzlich aus heiterem Himmel wieder in unserem Leben aufgetaucht ist. Daniela meint, sie könnte ab dem nächsten Semester in Karlsruhe unterrichten. Keine Ahnung, wie es dann weitergeht." Er verzog den Mund zu einem grimmigen Lächeln. „Daniela wird Vanessa regelmäßig sehen wollen."

„Für Vanessa wäre es gut."

„Für meine Schwiegermutter auch. Sie hält sich unheimlich tapfer, und wenn Daniela tatsächlich wieder in ihrer Nähe leben würde, dann wäre ihr eine große Last genommen. Sie hat sehr unter Danielas Abwesenheit gelitten."

„Ich möchte nicht indiskret sein." Tabea ließ Sven nicht aus den Augen. „Aber hatte der Unfall deiner Frau mit eurer Trennung zu tun?" Tabea deutete auf ihre unversehrte Wange. "Die Narbe ist ja wirklich nicht zu übersehen."

"Irgendwie schon." Sven nahm ihre Hand in seine und Tabea ließ es geschehen. Er schwieg einige Schritte lang, dann seufzte er. "Daniela wollte schon immer Pianistin werden. Allerdings haben wir einen klitzekleinen Fehler namens Vanessa begangen und das hat Danielas Planungen irgendwie durcheinandergebracht. Aber wir waren glücklich, ein viel zu junges Ehepaar mit einem kleinen Kind. Als Vanessa größer war, hat sich Daniela in ihr Studium gestürzt. Sie ist gut ... war gut und extrem ehrgeizig und fleißig."

Tabea merkte, wie versunken Sven in die Erinnerungen war. Immer wieder stockte er, dann erzählte er weiter. "Es ging alles sehr schnell. Eine Professorin holte sie von Karlsruhe nach Cardiff, wir zogen um. Ich konnte meine Diplomarbeit problemlos in England fertigstellen. Das Psychologiestudium hatte ich schon beendet. Ich will dich aber nicht mit meinen Problemen belästigen."

"Nein, es interessiert mich."

"Na dann." Sven pustete die Backen auf. "Alles lief prima, doch eines Tages ist Daniela, wie üblich mit irgendeiner Melodie im Kopf und damit taub und blind für ihre Umwelt, über den Gang der Musikhochschule geeilt und über eine herumliegende Tasche gestolpert. Sie ist mit dem Kopf voran durch eine Glasscheibe geflogen und hat sich die Verletzungen im Gesicht zugezogen. Was noch schlimmer war, war die Tatsache, dass sie sich alle Sehnen der linken Hand durchtrennt hat. Das Klavierspielen war nach diesen Verletzungen passé. Daniela hat sich komplett zurückgezogen. Wir hatten keine Chance ihr zu helfen. Unsere Ehe war nach kurzer Zeit am Ende. Details erspare ich dir, es ging nur so weit, dass ich nach Deutschland zurück bin und Vanessa mich eines Tages gebeten hat, sie ebenfalls abzuholen."

„Deshalb das schwierige Verhältnis zwischen Vanessa und ihrer Mutter."

„Ist wohl kaum zu übersehen." Svens Resignation klang durch.

„Vanessa ist verständlicherweise momentan ziemlich durch den Wind. Erst der Tod ihres Großvaters, dann ihre Mutter, die – wie sie sagt – ein anderer Mensch ist. Die Kleine braucht Zeit, um die Veränderungen zu verstehen und zu verarbeiten."

„Das brauch ich auch – Zeit. Ich dachte, ich habe Halluzinationen, als Daniela im Krankenhaus aufgetaucht ist. Habe ich dir schon gesagt, wie dankbar ich dir bin, dass du gerade jetzt so viel Zeit mit Vanessa verbringst?"

„Das mache ich unheimlich gern. Sie ist ein wunderbares Mädchen, Sven und mir macht es Spaß, mit ihr etwas zu unternehmen."

„Ich habe so ein schlechtes Gewissen, dass ich den Urlaub absagen musste und momentan so wenig Zeit für sie habe."

„Sie versteht es, auch wenn sie wirklich sauer war, dass sie heute den Tag mit ihrer Mutter verbringen soll."

„Daniela hat mich darum gebeten. Sie reist nächste

Woche wieder ab und wollte noch ein paar Stunden mit Vanessa verbringen. Ich hoffe bloß, es geht gut."

Tabea drückte Svens Hand. „Das wird es."

„Geht das mit uns auch gut?", fragte Sven auf einmal leise und blieb stehen.

Tabea sah ihn irritiert an. „Wie meinst du das?"

„Wir haben uns ja noch nicht mal geküsst." Lachend zog Sven Tabea an sich.

Tabeas Blick schweifte von seinen blauen Augen zu seinem Mund und wunderte sich, dass sie so gar nicht nervös war. Denn er senkte den Kopf und schließlich trafen seine warmen Lippen auf ihre.

I was a flower. Plötzlich summte die Melodie in Tabeas Gedanken auf, zu der sie mit Till im Pool & Dance getanzt hatte. Sein lächelndes Gesicht zog vor ihrem inneren Auge auf und sie wischte es beiseite. Stattdessen schloss sie die Augen und konzentrierte sich ganz auf den Kuss, sie fühlte warme Lippen, eine vorsichtig tastende Zunge und den Wunsch, sich von Sven zu lösen. Unbewusst entfernte sie sich ein wenig von ihm. Sven schien das zu spüren, denn der Kuss währte nur kurz, dann ließ er von ihr ab. Irritiert suchte er ihren Blick und sie zog die Stirn in Falten.

„Das war wohl nichts", meinte sie, nachdem sie sich mehrfach geräuspert hatte.

„Puh. Gott sei Dank, du hast es auch gemerkt." Svens Erleichterung war ihm anzusehen. Er schob sich seine Haare aus der Stirn. „Ich ... ich verstehe das nicht. Ich mag dich unheimlich gern, aber da war gar nichts. Hast du das auch gespürt?"

Tabea griff nach seiner Hand. „Es war ein Kuss unter Freunden. Da war nicht mal ein Fünkchen." Sie zuckte bedauernd mit den Schultern. „Leider. Denn ich mag dich auch sehr gern, Sven."

„Ja, schade." Sven straffte sich und wagte ein Lächeln. „Willst du trotzdem noch mit mir da hochgehen?", fragte er und deutete auf ein Gartenhäuschen, das von Weitem etwas seltsam aussah.

„Warum nicht?" Tabea sah ihn mit Bedauern an und hob die Hand, um seine Wange zu berühren. „Es wäre zu schön gewesen, wenn zwischen uns auch noch die Chemie gestimmt hätte. Lass uns doch einfach gute Freunde sein."

„Das sind wir doch schon. Und alles andere liegt in Gottes Hand", meinte er und griff ungeachtet des ausgebliebenen Gefühls nach ihrer Hand. „Komm schon. Ich muss dir jetzt endlich zeigen, was ich vorbereitet habe."

„Ich kann mir wirklich immer noch nicht vorstellen, dass wir hier etwas zu Essen bekommen. Hier ist doch weit und breit kein Lokal."

„Du bist zu ungeduldig."

„Oder zu hungrig", erwiderte Tabea.

Sven lachte und deutete auf einen Stein, der völlig unscheinbar in einer der Mauern angebracht war. „Hier sieh her. Hier wurde bei der Umlegung 1975 ein römisches Rebmesser gefunden. Urkundlich nachgewiesen ist der Weinbau in unserer Gegend aber erst seit dem 9. Jahrhundert. Warst du unten im Schloss in dem kleinen Museum?"

Tabea nickte.

„Also, da geht es um die Entstehungsgeschichte des Weingutes unserer Familie. Das hier wäre also der Hang, an dem der erste Wein geerntet und später unten gekeltert wurde." Er zog sie zu einer Gartenpforte, öffnete sie mit einem Schlüssel, den er aus der Jackentasche gezogen hatte, und ließ ihr galant den Vortritt. „Nach dir. Immer steil nach oben, bis zur Terrasse."

Tabea blickte nach oben und stöhnte. Hunderte von Stufen ging es steil hinauf. „Ich sehe schon, ich muss mir mein Essen erst verdienen."

Während sie langsam Stufe um Stufe erklomm, hatte sie Gelegenheit über den Kuss nachzudenken. Nichts, rein gar nichts hatte sie gefühlt, als Sven sie geküsst hatte. Wie anders waren ihre Gefühle Achterbahn gefahren, als Till sie bloß in seine Arme gezogen hatte. Eine winzige Berührung von ihm hatte sie in Flammen gesetzt und ein Kuss von ihm hatte ihr Herz zum Rasen gebracht. So sehr, dass es sie fast schon wieder erschreckt hatte.

Till! Sie wusste nicht einmal, wo er sich momentan aufhielt und die Sorge um ihn war präsenter denn je, obwohl sie gar kein Paar waren. Als sie die nächsten Stufen erklomm, erkannte sie, dass sie sich etwas vorgemacht hatte. Till hatte längst ihr Herz erobert und das zu ignorieren, bewahrte sie nicht davor, um sein Leben zu bangen. Es war völlig bescheuert gewesen, ihn so vor den Kopf zu stoßen, ihn und sich selbst unglücklich zu machen. Hätte sie wenigstens die Zeit mit ihm genossen.

Sie biss sich auf die Unterlippe. Dieser Kuss von Sven sollte ihr wohl zeigen, dass ihr Herz schon längst vergeben war. Sie schluckte. Sie musste irgendwie versuchen, zu retten, was zu retten war. Doch jetzt war es unmöglich, vielleicht hatte sie ja noch eine Chance, wenn er zurück war?

„Alles klar, Tabea?", fragte Sven dicht hinter ihr.

„Ja, geht schon." Tabea wünschte sich nach Hause an ihren PC, um Till ihre Überlegungen mitzuteilen.

„Gleich hast du es geschafft."

Tabea nickte und merkte, wie sich ihre Atmung mehr und mehr beschleunigte. Immer näher kamen sie dem merkwürdigen Gartenhäuschen, aber erst als sie auf der letzten Stufe stand, erkannte sie, warum: Das Häuschen hatte ein rotes Ziegeldach aber die Wände waren alles andere als normal. Die bestanden nämlich rundum aus sorgfältig aufgestapelten Holzscheiten. Es gab eine Tür, sogar ein Sprossenfenster.

„Was ist das?" Sie drehte sich lachend zu Sven um.

„Das ist das erste Haus, das mein Bruder und ich gebaut haben." Sven überholte sie. „Wir haben hier Wochen verbracht, bis es fertiggestellt war und wir haben hier sogar ab und zu geschlafen. Abenteuer pur, auch wenn wir vor Angst fast kein Auge zugemacht haben."

„Es ist wunderschön hier, Sven." Tabea sah sich bewundernd um.

„Stimmt, aber wir wollten doch etwas essen." Er deutete an, dass sie ihm folgen sollte. Hinter dem Haus breitete sich eine befestigte Terrasse aus, bevor nach einer Mauer der Weinberg wieder anstieg. Vor der Mauer stand ein festlich gedeckter Tisch, auf dem schon das Geschirr angerichtet war.

„Warte, ich hole alles." Er öffnete die quietschende Tür des Häuschens, das Tabea wie aus einem Märchen vorkam. Er kam mit einem dicken Holzbrett wieder, auf dem es Käse, Brot und Hartwürste in allen Variationen gab.

„Oh, Sven. Das ist ja wunderbar." Tabea tat es fast schon leid, dass sich Sven völlig umsonst solche Mühe gemacht hatte. Sie trat näher und berührte ihn am Oberarm. „Es tut mir wirklich leid, dass zwischen uns so gar kein Funke entstanden ist."

„Mir auch, Tabea." Wieder zuckte er mit den Schultern und stellte alles auf dem Tisch ab. „Mir auch."

18

Tabea berührte ihre Lippen. Noch immer konnte sie nicht fassen, was gestern passiert war. Nach einer unruhigen Nacht, in der sie kaum geschlafen hatte, war sie keinen Schritt weiter. Noch immer hatte sie sich nicht entschieden, ob sie Till schreiben sollte oder nicht.

Der zarte Kuss von Sven hatte Tabea berührt, jedoch nicht aufgewühlt oder Herzklopfen verursacht, wie Tills Küsse dies vermochten. Selbst jetzt beim Gedanken an Tills Küsse und seine Berührungen begann ihr Herz wie rasend zu schlagen.

Er ging ihr einfach nicht aus dem Kopf. Aber was hätte sie davon, wenn sie sich mit ihm einlassen würde?

Sie hatte sich heute Morgen nicht aufraffen können, etwas zu unternehmen. Deshalb saß sie noch immer ungeduscht, in bequemen Baumwollshorts und ausgebleichtem T-Shirt, das sie als Schlafanzug trug, auf ihrem kleinen Balkon. Noch nicht einmal das Frühstücksgeschirr hatte sie abgeräumt, der Kaffee war inzwischen kalt und abgestanden, doch Tabea starrte durch ihre Sonnenbrille in den wolkenlosen Himmel. Abwesend tastete sie irgendwann nach ihrem iPad und wischte darüber, um die Anzeige zu aktivieren. Eine Weile surfte sie im Internet und suchte nach neuen Ausflugszielen.

Der Ausflug in die Wutachschlucht hatte ihr gutgetan und geholfen, die Gedanken zu sortieren. Allein, den Geräuschen der Natur lauschend, die Hektik des Alltags ausblendend, das hatte ihr geholfen, mit sich ins Reine zu kommen. So ein Ausflug sollte ihr auch helfen, ein weiteres Kapitel zu schließen – ein aussichtsloses Kapitel, das Till hieß.

Irgendwann stieß sie auf einen Bericht, der von Bibern handelte und sie klickte neugierig weiter. Dieser Artikel erzählte davon, wie die Biber sich die Natur nach und nach zurückeroberten. Schnell schaute sie nach, wo sich das Wurzacher Ried befand, von dem hier geschrieben wurde, und beschloss, dass dies ihr nächstes Ausflugsziel werden würde. Nachdem sie den Artikel ausgedruckt hatte, wechselte sie zu ihren Mails.

Die letzte Mail stach ihr sofort ins Auge, sie war von Till und trug den Betreff: „1080 Stunden ohne dich."

Was war das?

Tabeas Herzschlag setzte aus, sie hielt die Luft an und starrte die Buchstaben und Zahlen an. Dann endlich öffnete sie die Mail.

> Eintausendundachtzig Stunden sind vergangen, seit ich dich das letzte Mal gesehen habe.

Tabea hielt inne und rechnete, dann gab sie entnervt

auf und wechselte auf dem iPad in den Taschenrechner. Eintausendundachtzig Stunden bedeuteten fünfundvierzig Tage. *Oh Gott, Till zählte die Stunden!* Tabea runzelte die Stirn und las weiter.

> Eintausendundachtzig Stunden, in denen ich dich jede Sekunde vermisst habe.
> Eintausendundachtzig Stunden, in denen mir klar wurde, dass ich dich nicht mehr verlieren möchte.
> Eintausendundachtzig Stunden, in denen mir bewusst wurde, dass mein Beruf mir gar nichts bedeutet, wenn ich mein Leben nicht mit dir teilen darf.
> Zweihundertachtundachtzig Stunden, die noch vor mir liegen, bis ich dich wiedersehen und dir sagen kann, wie viel du mir bedeutest.

Herrgott, was waren zweihundertachtundachtzig Stunden in Tagen. Tabea tippte fluchend. Ihre Finger zitterten und ihr Herz schlug unruhig. Zwölf Tage rechnete der Taschenrechner aus. Tabea wechselte wieder zur Mail und begann den letzten Absatz erneut zu lesen.

> Zweihundertachtundachtzig Stunden, die noch vor mir liegen, bis ich dich wiedersehen und dir sagen kann, wie viel du mir bedeutest.
> Denk an unsere Blumen, Tabea. I was a …

Nicht zu fassen, Till hatte das Lied, zu dem sie im Pool & Dance getanzt hatten, ebenfalls nicht vergessen. Sie starrte die Mail tränenblind an. Schließlich raffte sie sich auf und las zu Ende.

> Was immer in den nächsten Wochen und Monaten passieren wird, Tabea, ich trage dich in meinem Herzen. Du bist die Frau, mit der ich mein restliches Leben verbringen möchte.
> Ich hoffe, ich habe dich jetzt nicht allzu sehr erschreckt und ich weiß, dass du noch Zeit brauchst. Die hast du, alle Zeit der Welt. Ich würde nur eines gerne wissen: Habe ich eine Chance bei dir, wenn ich mein Leben ändere?

Tabea ließ sich kraftlos in die weiche Lehne sinken und legte das iPad neben sich. *Was nun?*

Wollte sie ihm eine Chance geben, wenn er für sie sein bisheriges Leben aufgab? War sie schon bereit für eine neue Beziehung?

Ja – Ja – Ja! Ein Satz berührte sie besonders:

> Was immer in den nächsten Wochen und Monaten passieren wird, Tabea, ich trage dich in meinem Herzen.

Tabea nahm das iPad wieder auf und las die Mail noch einmal, dann presste sie es an ihr Herz.

Ja – Ja – Ja!

In Gedanken formulierte sie eine Antwort, da ertönte ein Dauerklingeln an ihrer Wohnungstür. Tabea rappelte sich aus ihrem Stuhl und beeilte sich, dem Störenfried zu öffnen.

„Till?" Ihr fielen fast die Augen aus dem Kopf.

Vor ihr stand ein völlig panisch aussehender Till. Er hatte dieselbe durchlöcherte Jeans an, die er getragen hatte, als sie ihn am Flughafen abgeholt hatte. Sein T-Shirt zeigte Schweißspuren und Staub, er war seit Tagen nicht rasiert und er roch etwas streng.

„Was ist passiert?", fragte sie und machte den Weg in die Wohnung frei. Ihr Herz zog sich vor Sorge und Liebe zusammen. Egal was, er war hier bei ihr, er war unversehrt, wohl aber total aufgewühlt.

„Hast du meine Mail schon gelesen?", war alles, was er antwortete.

„Ja, eben erst. Ich war gestern den ganzen Tag unterwegs." Tabeas Herz klopfte, als wollte es zerspringen. Es war unmöglich, sich dem Blick seiner großen grünen Augen zu entziehen.

„Und? Bekomme ich doch noch eine Chance?", fragte er mit brechender Stimme.

Tabea holte tief Luft. „Oh, Till. Ich habe entsetzliche Angst, dass wir alles überstürzen." Sein Blick wurde starr, schnell sprach sie weiter: „Mir geht es doch wie dir. Ich vermisse dich und ...", wieder holte sie tief Luft, „und ja, ich will, dass wir es miteinander versuchen."

Till trat einen Schritt nach vorn, warf die Eingangstür zu und riss sie in seine Arme.

„Hey, hey. Ich sagte ver-suchen. Nicht ganz so stürmisch." Tabea lachte und ließ sich von ihm küssen. Sie spürte ihren Herzschlag, fast im selben Takt wie seinen. Sie spürte seine Lippen, seine Zärtlichkeit und seine Erregung. Sie lehnte sich zurück, um sein Gesicht zu umfassen. „Ich hätte mich gemeldet, Till."

Seine müden Augen wirkten auf einmal sehr lebendig. Sie kam ihm entgegen und als sich ihre Lippen trafen, reagierte jede noch so winzig kleine Pore auf Till und ließ die letzten kleinen Zweifel verschwinden. Das hier war richtig, hier – in seinen Armen – fühlte sie sich wohl und geborgen. Schließlich unterbrach sie den tiefen Kuss und rümpfte die Nase. „Du stinkst erbärmlich."

„Das ist wohl wahr." Till lachte sie breit an. Seine Augen strahlen und die Panik war verschwunden. „Vielleicht dürfte ich mal unter die Dusche."

„Wo kommst du so plötzlich her?", fragte Tabea statt einer Antwort und erst jetzt bemerkte sie den Koffer und die Tasche, die hinter Till in ihrem Flur standen.

„Kann ich bitte erst duschen und dann erzählen?" Tills Augen baten sie um Verzeihung und sie ahnte, dass er Schreckliches erlebt hatte.

Sie nickte und folgte ihm ins Badezimmer. Rasch holte sie zwei Handtücher aus ihrem Schrank.

„Brauchst du noch irgendwas?", fragte sie dann und sah ihm zu, wie er das T-Shirt über den Kopf zog. Ihre Augen wurden riesengroß. Sein ganzer Rücken schien eine einzige Prellung zu sein. Alles schillerte tiefblau, Ton in Ton mit dem Tattoo auf seiner linken Schulter, nur in der Mitte ein rot-weißer Kreis.

„Oh Gott, was ist passiert? Sag mir um Himmels willen endlich, was passiert ist!"

„Wir sind im Irak in einen Anschlag geraten. Mir ist nichts passiert, aber mein Toningenieur ist tot." Till rieb sich die Augen, verbarg aber seinen Schmerz nicht vor ihr.

„Nichts passiert, was ist dann das?" Sie strich federleicht über seinen Rücken.

„Irgendein Splitter hat sich in meine schusssichere Weste gebohrt."

„Oh Gott", wiederholte Tabea und zog ihn in ihre Arme. Wovor sich beide gefürchtet hatten, war passiert – doch es war für ihn glimpflich ausgegangen.

„Es war der letzte Wink mit dem Zaunpfahl", meinte Till pragmatisch, doch die körperlichen wie die seelischen Schmerzen waren ihm anzusehen.

„Komm langsam zur Ruhe. Du bist in Sicherheit", murmelte Tabea und verglich Till insgeheim mit Jörn. Jörn hätte niemals ihr gegenüber eine Schwäche zugegeben. Selbst, wenn er jemals gezweifelt hatte, ihr hätte er es nie erzählt.

„Ich liebe dich, Tabea", murmelte er an ihrem Hals. Seine Hände wanderten unruhig an ihrem Rücken auf und ab. Sie konnte jeden seiner Finger spüren und ihre Nervenenden begannen zu vibrieren. Doch dafür war später noch genug Zeit.

„Geh duschen, ich mache dir ein Frühstück." Tabea wedelte mit der Hand und er zog grinsend ab.

Zehn Minuten später bekam sie Stielaugen, denn Till kam splitterfasernackt aus dem Badezimmer in die Küche, nahm schweigend ihre Hand und führte sie ins Schlafzimmer. Dort schlug er die Bettdecke zurück.

„Was wird das?", fragte Tabea, obwohl sie es genau wusste. Alles in ihr vibrierte vor Erwartung und sie beherrschte sich mühsam, sich nicht sofort in seine Arme zu stürzen. „Wir wollten doch reden."

„Nachher." Till zog sie an sich und sie spürte, wie er augenblicklich reagierte, sobald er sie nur berührte. Er roch nach ihrem Duschbad, blumig und süßlich und doch war alles andere sehr, sehr männlich an ihm. Ein leichtes Zittern durchlief sie, als sie sich provokativ an ihm rieb.

Mit den Händen kniff sie in seinen Po und wanderte dann mit den Fingerspitzen an seinem Rücken entlang, bis er zusammenzuckte. Sofort wich sie einige Zentimeter zurück.

„Du bist verletzt, Till. Wie soll das gehen?", erkundigte sie sich leise und hielt dann inne.

„Oh, mir geht es an den wichtigen Stellen wunderbar", murmelte er an ihrem Mund und schob sie zur Bettkante. Tabea knickten die Knie ein und schon spürte sie die weiche Matratze unter ihren Oberschenkeln.

Seufzend ergab sie sich ihm und dachte daran, wie sehr sie sich von Anfang an zu ihm hingezogen gefühlt hatte. Jetzt war die Leidenschaft mit Liebe verschmolzen und das merkte man in jedem Kuss, in jeder Berührung.

Alle Überlegungen waren vergessen, er war bei ihr und sie wollte auch nur in seinen Armen liegen. Sein nächster Kuss ließ sie alles vergessen.

Er war hier, verletzt aber in Sicherheit und er hielt Tabea in den Armen. Die Leidenschaft für sie brannte in ihm, doch die Liebe zu ihr, ließ ihn vorsichtig agieren. Er würde Geduld brauchen und im Stillen bat er um Unterstützung, dass er nicht zu ungeduldig sein würde. Tabea brauchte noch Zeit, um mit ihrer Vergangenheit abschließen zu können, doch jetzt wusste er wenigstens, dass sie seine Hilfe annehmen würde.

Sie schlang die Arme um seinen Körper und wand sich unter ihm. Ihre Augen waren vor Leidenschaft verschleiert und ihr Mund glitzerte von seinen Küssen. Sie wollte ihn genauso so sehr, wie er sie. Voller Ehrfurcht strich er über ihre Augenbrauen, die Wangen und über ihre geschwollenen Lippen. Er kannte ihren Duft, wusste wie weich und warm sich ihre Haut anfühlte, und ahnte jeden ihrer Seufzer voraus.

Er war sich sicher – er hielt die Frau in Armen, mit der er sein weiteres Leben verbringen wollte.

„Till", sie hauchte seinen Namen und bat um mehr. Till ignorierte den Schmerz in seinem Körper und verlagerte das Gewicht, damit er Tabea von ihrer Kleidung befreien konnte. Jeden freigelegten Zentimeter verwöhnte er mit Küssen, irgendwie gelang es ihr, sich so zu legen, dass sie ihn zärtlich umfassen und führen konnte, sodass er plötzlich in ihr war.

„Tabea", er stöhnte und bewegte sich testweise. Ein Schmerz durchfuhr seinen Rücken, der aber nicht mit der lustvollen Erregung konkurrieren konnte, als sie ihn mit Armen und Beinen umschlang und tiefer in sich einließ. Er spürte ihre Hände, die auf und ab fuhren, spürte, wie sie sich schließlich in seinen Po krallten und stumm um mehr baten. Er ließ sich fallen und treiben, er überließ ihr das Tempo. Er wollte nur noch mehr. Mehr von ihren Küssen, mehr von ihren Berührungen, sie kam ihm mehr und mehr entgegen, bog sich wie eine Feder und zerbarst schließlich mit einem langgezogenen Seufzer. Till gab alle Selbstbeherrschung auf und folgte ihr auf den Gipfel der Glückseligkeit.

Schließlich ließ er sich neben sie sinken, ignorierte das Stechen in seinem Rücken und zog sie in die Arme. Sie kuschelte sich an ihn, er roch den Duft ihrer Vereinigung und spürte ihr sanftes Streicheln an seiner Brust. Er war da, wo er sein wollte und er fühlte Friede und Zufriedenheit in sich. Bis Tabea den Moment des Behagens beendete.

„Jetzt sollten wir aber wirklich reden." Tabea wickelte sich in ihre Decke und setzte sich im Schneidersitz neben ihn.

„Aber nicht so und nicht hier." Till ahnte, dass er keine Chance hatte, die Aussprache mit Tabea hinauszuzögern.

Er wälzte sich aus dem Bett, unterdrückte ein

Stöhnen und zog sich Boxershorts und Jeans über. „Lass uns ins Wohnzimmer gehen."

Sie zuckte die Schultern, zog sich rasch an und folgte ihm auf den Balkon, wo er tief Luft holte und sich dann erst zu ihr umdrehte. Sie lehnte sich an den Türrahmen und sah ihn auffordernd an. „Also, was ist passiert."

Till schloss die Augen und versuchte, die Bilder zu verdrängen, die vor seinem Auge erschienen: Blut, erstarrte Augen, zerschundene Körper, wo kurz zuvor noch Gelächter und fröhliche Stimmen zu hören gewesen waren.

„Wir sind in einen Anschlag geraten und wurden von einer Spezialeinheit, die einen Tipp bekommen hatte, aber leider zu spät kam, gerettet. Jedenfalls die, die überlebt haben", ergänzte er leise. Langsam und immer wieder stockend erzählte er ihr nur die Details, die sie wissen musste – alles andere wäre zu schrecklich und zu belastend gewesen, ahnte er doch jetzt, wie Jörn ums Leben gekommen war.

„Ich weiß immer noch nicht, wie die das gemacht haben. Plötzlich waren wir in einem Hubschrauber, dann in einer Militärmaschine und bei Sonnenaufgang sind wir in Ramstein gelandet. Ich habe sofort einen Zug nach Stuttgart genommen. Ich wollte nur noch zu dir."

„Oh, Till." Tabea hatte sich während seiner Erzählung genähert und hielt ihn in den Armen.

„Ich dachte, wenn ich dir gegenüberstehe, wenn ich dir meine Liebe gestehe, dann gibst du mir vielleicht doch noch eine Chance."

„Ich habe mich doch auch in dich verliebt und ich wäre wirklich bescheuert, wenn ich deine Liebe nicht annehmen würde. Vor allem, wenn du meinetwegen dein ganzes Leben umkrempeln willst. Aber ich ahnte doch gar nicht, dass ich mich so leicht und so schnell wieder verlieben kann, das macht mir Angst."

„Wir schaffen das, mein Herz. Ich habe auch Angst, schließlich kann ich dir gar nichts bieten." Sein Blick war sorgenumwölkt. „Ich habe keinen Job mehr und keine Ahnung, wann ich wieder einen finde."

„Du könntest mir erst mal im Fotostudio helfen." Sobald sie es ausgesprochen hatte, merkte sie, wie genial ihre Idee war. „Genau! Pia könnte dann in Ruhe ihre Elternzeit nehmen und ich müsste mir nicht den Kopf zerbrechen, wie ich alles schaffen soll."

Till sah sie überrascht an. „Das könnte ich allerdings. Dann arbeiten und leben wir zusammen."

Tabea bremste seinen Enthusiasmus. „Na ja, vielleicht nicht ganz. Bitte lass mir noch etwas Zeit. Ich war all die Jahre gewöhnt, viel allein zu sein. Du wärst dann jeden Tag von morgens bis abends um mich rum." Sie streichelte seine Wange. „Vielleicht gehen wir uns ja ganz schnell gegenseitig auf den Keks?"

„Das glaube ich nicht." Till ergriff ihre Hand. „Wirklich nicht."

Tabea lächelte. „Ich eigentlich auch nicht. Aber die ganze Aufregung der letzten Monate war ein bisschen viel. Ich will dir auch gar nicht verschweigen, dass ich Jörns Tod noch immer nicht ganz überwunden habe." Tabeas Stimme versagte fast, würde Till sich trotzdem auf ihre Liebe einlassen? Sie fühlte seinen Finger, der ihren Kopf unter dem Kinn fasste und hochhob.

„Hey, wir schaffen das", wiederholte er und lächelte.

„Es werden aber immer wieder schwarze Stunden kommen, in denen die Trauer einfach herausbricht." In Tabeas Augen glitzerten Tränen.

„Dann lass mich dir helfen, vielleicht sind die Stunden dann bald nur noch grau und werden mit der Zeit immer heller."

„Oh, Till. Wie habe ich dich nur verdient?" Tabea warf sich in seine Arme.

19

„Himmel, wenn das noch lange dauert, dann muss ich doch auf die Toilette." Pia hielt sich ihren Bauch und stöhnte. Sie warteten schon eine halbe Stunde darauf, dass ihre Mutter und Fred endlich die Zollkontrolle passieren durften.

„Ich muss auch mal", drängelte sich Tobias dazwischen.

„Dann geht halt, das dauert eh noch länger. Die stehen ganz hinten in der Schlange." Alexander blickte sich suchend um und zeigte in die entgegengesetzte Richtung. „Da drüben ist doch gleich eine Toilette."

Tobias rannte voraus und Pia folgte langsamer. Alexander blickte ihnen grinsend hinterher. Von hinten sah man Pia überhaupt nichts an, aber wenn man sie von der Seite oder von vorn betrachtete, sah sie aus, als hätte sie einen großen Kürbis verschluckt. Das Baby war in den letzten Wochen enorm gewachsen und der Arzt hatte prophezeit, dass es pünktlich kommen würde. Also spätestens in zehn Tagen.

Er hatte Pia noch nie so glücklich gesehen. Ihr strahlender Ausdruck schien in ihrem Gesicht wie festgeklebt, auch wenn sie heute hochgradig nervös war. Die halbe

Nacht hatte sie sich im Bett hin- und hergewälzt und sich die schlimmsten Reaktionen der Eltern ausgemalt.

„Wir hätten es ihnen gleich sagen sollen." Pia hatte sich mitten in der Nacht im Bett aufgesetzt, das Licht angemacht und ihn wach gerüttelt.

„Hätten wir, aber das hilft uns jetzt auch nicht weiter." Er hatte sie wieder in seine Arme gezogen, doch Pia war weit entfernt davon gewesen, sich zu entspannen.

„Mama wird total enttäuscht sein", hatte Pia gemurmelt und sich näher an seine Brust geschmiegt. „Enttäuscht und traurig. Böse wäre mir lieber gewesen, dann beruhigt sie sich auch wieder. Aber enttäuscht ..."

„Mann, Pia, das weißt du doch gar nicht. Vielleicht freut sie sich ja auch einfach. Und jetzt schlaf, es ist vier Uhr." Sein grimmiger Blick hatte sie das Licht ausmachen lassen und als er ihr seine Liebe ins Ohr geflüstert und den Babybauch gestreichelt hatte, da war sie endlich zur Ruhe gekommen.

Er lächelte verträumt, danach war nämlich er wach gelegen und hatte keine Ruhe gefunden – er allerdings vor Zufriedenheit. All seine Träume, die ihm so lange so hoffnungslos erschienen, waren wahr geworden. Vor einem Jahr hätte er nicht zu hoffen gewagt, dass er mit Pia ein Baby bekommen, geschweige denn, sie sein Frau werden würde. Manches Mal kam es ihm immer noch unwirklich vor, was in den letzten zwölf Monaten passiert war. Er war ebenso glücklich mit Pia, wie sie mit ihm. Eins hatte sich zum anderen gefügt, als er ihr endlich seine Gefühle offenbart hatte.

„Alex – träumst du?"

Alexander blickte erschreckt auf Marie. Pias Mutter stand mit ausgebreiteten Armen vor ihm und lächelte breit. Er schüttelte den Kopf. „Wo kommt ihr denn jetzt her? Ihr wart doch eben noch am Ende der Schlange."

Er zog Pias Mutter an sich und küsste sie zur Begrüßung rechts und links auf die Wange.

„Herzlich willkommen zurück. Jetzt kehrt endlich wieder Ruhe ein", meinte er und lachte über seine Stiefmutter, die die Augen verdrehte. Schließlich wandte er sich an seinen Vater und umarmte diesen zur Begrüßung. „Hallo, Paps. Wie war der Flug?"

„Eigentlich ganz ruhig, aber ganz schön lang. Und mir reicht es jetzt, ich freue mich auf zu Hause. Wo ist unser Jüngster?", fragte er und ergänzte: „Wir können dir und Pia gar nicht oft genug danken, dass ihr euch das ganze Jahr um Tobias gekümmert habt."

„Paps, das war doch selbstverständlich. Außerdem hat es Spaß gemacht und ohne euren Forschungsauftrag, wären Pia und ich kein Paar. Also müssten wir euch danken."

„Meine Tochter und mein Stiefsohn ein Paar. Wer hätte das gedacht?"

„Ich!" Alexander grinste seine Stiefmutter an. „Na ja, eher erhofft, als gedacht. Marie, Pia hatte es mir sofort angetan, kaum dass ihr bei uns eingezogen seid. Die Mutter aber auch."

„Du Schmeichler." Marie drückte ihn an sich. „Aber wo sind jetzt die beiden?"

„Wo wohl? Auf der Toilette. Pia ist schon ganz hippelig, sie konnte es kaum mehr erwarten." Er war gespannt auf die Reaktion von Pias Mutter.

„Maaama — Paaapa!" Alexander wurde von hinten angerempelt, als sein Stiefbruder daher stürmte und in die Arme seiner Mutter flog.

„Hallo, mein Schatz. Mein Gott, bist du gewachsen." Marie ließ Tobias lachend auf den Boden sinken und nahm sein Gesicht in beide Hände. „Oh, Tobi, hast du mir so sehr gefehlt."

„Ihr mir auch." Tobias wich den Küssen seiner Mutter aus und stürzte sich stattdessen in die Arme seines Vaters.

„Das machen wir nie wieder", sagte Fred und wischte sich die Freudentränen aus den Augen. „Ich habe es völlig unterschätzt, wie sehr wir euch alle vermissen würden."

Marie ließ den Blick zwischen Fred und Tobias hin- und hergleiten und hakte sich bei Alexander unter. „Ich auch nicht. Ich habe deinem Vater schon erklärt, dass er zukünftige Forschungen ohne mich machen muss."

„Dann wird er es bleiben lassen, stimmt's?", erkundigte sich Alexander und lachte, als der grimmig nickte. „Ich kenne doch meinen Vater."

„Und wie lebte es sich so mit Pia in einer Beziehung?", fragte Marie und lachte dabei über das ganze Gesicht.

„Wir sind total glücklich, Marie." Er strich Pias Mutter über die Wange und bemerkte aus dem Augenwinkel, dass sein Vater sich den Hals verrenkte und große Auge machte.

„Wie lange braucht die eigentlich noch?", hakte Marie nach, die mit dem Rücken zu Pia stand.

„Bin doch schon zurück", machte sich Pia bemerkbar. Marie drehte sich mit ausgebreiteten Armen um und erstarrte in ihrer Bewegung.

„Du ... du ... bist ...?", Marie blinzelte mehrmals, als würde sie nicht glauben, was sie sah.

„... hochschwanger", ergänzte Pia und blieb, wo sie war.

Fred räusperte sich und kam näher. „Wann ist es denn so weit?", fragte er mit brechender Stimme.

„Morgen wäre mir ganz recht", lachte Pia und überwand die letzten Schritte zu ihrer Mutter, die immer noch wie angewurzelt dastand und sie anstarrte.

„Pia, Schatz." Ganz langsam erwachte Marie aus der Erstarrung. Zögernd streckte sie die Hand aus. „Darf ich?"

„Natürlich." Pia lächelte, als Marie ganz sacht über ihren Bauch strich, das Baby reagierte augenblicklich mit deutlichen Tritten. Marie blickte tränenblind aber lächelnd auf.

„Bist du jetzt sauer, Mama?"

„Quatsch! Was für eine wunderbare Überraschung." Marie öffnete die Arme und Pia schmiegte sich an ihre Mutter und genoss die vertraute Umarmung.

„Wir werden alt, Fred." Marie küsste Pia auf die Stirn, dann suchte sie den Blick ihres Mannes.

„Nö, wir werden Großeltern! Von alt kann weit und breit keine Rede sein." Fred zog beide Frauen kurzentschlossen an seine breite Brust, während Alexander den Arm um Tobias' Schultern legte.

Sven saß in der prall gefüllten Schleyerhalle neben seiner Tochter, die völlig aufgeregt auf ihrem Sitz hin- und herrutschte. Auf der anderen Seite von Vanessa saßen Tabea und Till und hielten Händchen. Es machte ihm nicht mal etwas aus. Seine Gefühle für Tabea waren freundschaftlicher Natur und es freute ihn, dass Tabea mit Till so glücklich war.

„Gut, dass Lisa noch Karten besorgen konnte." Strahlend sah Vanessa zu ihm auf, dann wurde ihr Gesichtsausdruck ernst. „War ja klar, dass Mama es nicht einrichten konnte."

„Deine Mutter musste zurück. Sie hat nun mal Termine in Cardiff", versuchte Tabea eine Erklärung und Sven war ihr dankbar.

„Aber wenigstens seid ihr dabei", schon war Vanessas Kummer verdrängt und sie drückte Tabeas Hand.

„Danke, dass du uns mitgenommen hast." Tabea erwiderte Vanessas Händedruck.

„Logisch, schließlich sind wir beide die größten Fans von Xseera." Vanessa grinste Tabea verschwörerisch an. Sie trafen sich immer noch regelmäßig zum Klavierspielen und Vanessa freute sich immer auf die Stunden mit Tabea.

„Jetzt geht es los." Vanessa setzte sich auf.

Das Licht wurde zurückgedreht, die letzten Helfer verschwanden von der Bühne und die Fans begannen laut zu johlen. „Xsee-ra, Xsee-ra."

Sven beobachtete die Menge unter sich. Die Fans kreischten, als der Vorhang aufgezogen wurde. Ein imposantes Schlagzeug stand auf einem Würfel, ein scharlachroter Flügel stand auf der linken Bühnenseite, im Hintergrund war eine Art Balkon zu erkennen, darüber eine große Leinwand.

Der Schlagzeuger betrat die Bühne, hob grüßend die Hände mit den Sticks und kletterte auf seinen Würfel. Die anderen Bandmitglieder erschienen einer nach dem anderen, ergriffen ihre Instrumente und warteten, bis eine junge Frau in einem weißen Kleid am Flügel Platz genommen hatte. Die Menschenmenge auf den Rängen und den Stehplätzen im Innenraum jubelten. Schließlich waren die ersten Klavierklänge zu hören, dann ein Saxophon, das die Melodie übernahm und das einsetzende Schlagzeug. All das erzeugte Gänsehautfeeling bei Sven und er war froh, dass er die Idee gehabt hatte, bei Lisa nach Karten zu fragen.

Ein Raunen ging durch die Menge, als eine dunkle Gestalt am Rande der Bühne sichtbar wurde. Xseera stieg langsam über eine Treppe hinauf zum Balkon. Sie hob das Mikrofon, breitete den anderen Arm weit aus und sprach die ersten Worte: „Welcome to my world, welcome to my music of imagination and dreams."

„So, macht sie das immer." Vanessas Augen leuchteten.

Sven war aber, als spräche Xseera nur zu ihm. Diese rauchige und doch weiche, weibliche Stimme, durchdrang jede Pore und ein Schauer überlief ihn. Irritiert betrachtete er die anderen, die jedoch nichts mitbekommen hatten und fasziniert Richtung Bühne blickten.

> Hopeless Summer,
> so bright and warm and beaming,
> but grey and cold is the melody
> of my heart.

Xseera machte nur eine winzige Handbewegung, das reichte als Aufforderung. In der Halle gingen alle Hände nach oben. Die Handys waren beleuchtet, nur vereinzelt waren Feuerzeuge zu erkennen.

> Why nobody believes in that
> what I believe in.
> Why nobody listen to the
> melody of my heart,
> believes in my dreams.

Auch heute war die Person unter dem Mantel und der weiten Kapuze nicht zu erkennen. Man sah nur die Hand, die das Mikrophon hielt, den singenden Mund der in Großaufnahme gezeigt wurde und konnte erahnen, dass sie die Augen geschlossen hatte und ganz in ihrer Musik aufging.

Allein die Gestik und die Stimme reichte, um eine Stimmung zu zaubern, die einzigartig war. Sven hatte befürchtet, einer der ältesten Besucher zu sein, doch ein Blick in sein Umfeld, zeigte ihm, dass Xseera es schaffte, die unterschiedlichsten Generationen zusammenzuführen.

Fasziniert konnte er kaum den Blick von ihr lösen, während die Musik auch ihn in den Bann zog.

Epilog

Tropische Hitze herrschte in der Therme, die erstaunlicherweise trotz der Herbstferien nicht so überfüllt war, wie Tabea befürchtet hatte. Ihre Eltern und ihre jüngste Schwester waren seit ein paar Tagen in Mittsingen zu Besuch und brachten Leben in die Provinz, wie Till es lachend nannte. Er hatte ihre vollste Bewunderung, dass er, der als Einzelkind bei seiner Großmutter aufgewachsen war, sich von ihrer Schwester nicht aus der Ruhe bringen ließ. Amita belagerte ihn seit ihrer Ankunft und schmachtete ihn so offensichtlich an, dass Tabea immer wieder schmunzeln musste.

Jörn hatte sich selten mit ihren Geschwistern abgegeben – wie eine Rückblende sah sie ihn vor sich. Ernst, ruhig und zurückgezogen. Jörn wäre ins andere Areal der riesigen Therme gegangen und hätte seine Runden im Wasser gezogen. Eine Bahn um die andere, zielstrebig und ehrgeizig. Dabei hätte er den Spaß verpasst, den Till heute mit Amita hatte.

Tabea wickelte sich in ihr Handtuch ein, das immer wieder verrutschte. Sie suchte die Schwimmhalle nach Till und Amita ab und entdeckte die beiden schließlich am Ende der Wasserrutsche. Grinsend beobachtete sie, wie Till den ersten Reifen aus dem Wasser zog, ihn Amita reichte und anschließend seinen eigenen unter den Arm klemmte, während er immer wieder nickte. Tabea ahnte, dass Amitas Mundwerk nicht stillstand und hatte insgeheim Mitleid mit Till, der ihr nun im Vorbeigehen einen gespielt genervten Blick zuwarf und schulterzuckend ihrer Schwester folgte, die schon wieder zu den Treppen strebte, die zu den Rutschen führte.

Sie kicherte, während sie zusah, wie Till den Kopf senkte, um ihre Schwester in dem Lärmpegel, der hier in der Therme herrschte, besser verstehen zu können. Als letztes konnte sie mit ansehen, wie Till Amita am Pferdeschwanz zog und sie daran hinderte, sofort wieder die Treppe hinaufzustürmen. Sie diskutierten kurz, dann schien Amita zu gewinnen, denn sie reckte eine Faust triumphierend nach oben.

Sie sah ihnen nach. Amita eilte voraus, Till hinterher. Sie betrachtete seine sportliche Figur und seinen Rücken, der immer noch in allen Farben schillerte. Die Wunden heilten äußerlich wie innerlich, bei ihm – wie bei ihr. Till litt noch immer unter dem Trauma, das er erlitten hatte, aber er redete darüber mit ihr und mit Sven. Tabea hatte ihn zu ihm geschickt, nachdem er in den ersten Nächten von Albträumen geplagt, aufgeschreckt war. Sie gaben sich gegenseitig Kraft und Unterstützung und sie genoss ihr neues Leben mit Till, das sich so sehr vom Leben mit Jörn unterschied.

Sie hatten eine gute Basis gefunden, langsam zusammenzuwachsen, sich näher kennenzulernen und herauszufinden, ob es mit ihnen klappen würde. Das alles, ohne etwas zu überstürzen. Und ihre Bedenken schwanden von Tag zu Tag.

Mehr noch, die Liebe zu Till war von einer zarten Flamme zu einer beständigen Glut herangewachsen und leuchtete hell und warm in ihr. Ihr Herz hatte Narben davongetragen, aber es war groß und stark und fähig, mehr als einen Mann zu lieben. Für die Erinnerungen an Jörn war darin genau so Platz vorhanden, wie für die neuen Erinnerungen, die sie sich mit Till erschaffen würde.

„Till hat unendlich viel Geduld mit unserem Plappermäulchen."

„A-hm", murmelte Tabea.

„Tabea, hörst du mir eigentlich zu?" Die energische Stimme ihrer Mutter riss sie aus ihrer Versunkenheit.

„Entschuldige, Mama. Ich war völlig in Gedanken."

„Das war nicht zu übersehen." Ihre Mutter lachte sie ganz offensichtlich aus. „Aber Till ist ja auch ein wirklich gut aussehender Kerl."

Stimmt! Tabea bemühte sich, nicht zu grinsen.

„Und du willst mir immer noch weismachen, dass da zwischen Till und dir nicht mehr ist?"

„Nein." Tabea sah ihrer Mutter zu, wie die ein Handtuch turbanartig um ihre langen Haare wickelte. Sie biss sich auf die Lippen und tat ziemlich unschuldig. „Wieso? Ich tue nur, was du mir geraten hast: Ich probiere die Männer aus. Momentan ist Till dran."

„*Tabea!*"

„Es kann doch nichts passieren, ich bin einfach nur

mit Vorsicht – waghalsig!" Tabea konnte sich kaum mehr beherrschen, doch noch war sie nicht bereit, einzuknicken.

„Aber, du hast uns deine Wohnung überlassen und schläfst bei ihm?" Mala wirkte jetzt fast schon entsetzt.

„Ja und? Wir sind wirklich nur gute Freunde."

„Genau! Nur gute Freunde, deswegen kann er auch die Augen nicht von dir lassen." Ihre Mutter ließ sich neben Tabea auf die Liege sinken und warf ihr einen vorwurfsvollen Blick zu.

„Momentan hat er mehr Interesse an Amita."

„A-haa. Das klingt mir jetzt doch sehr nach Eifersucht. Kann es sein, dass du mich auf den Arm nimmst?"

„Wenn sie Till nicht gleich in Ruhe lässt, dann kratze ich ihr die Augen aus."

Der Kopf ihrer Mutter ruckte herum und dieses Mal endete der Blick in einer ernsthaften Musterung. „Schaa-atz!"

Wie immer würde ihre Mutter keine Ruhe geben. So sehr sich Tabea jetzt auch bemühte, das glückliche Grinsen ließ sich nicht mehr unterdrücken.

Ihre Mutter sah es und runzelte die Stirn. „Tabea?"

„Ja, ich habe mich in ihn verliebt. Das ist nicht witzig!", murmelte Tabea und konzentrierte sich auf die Anzeigetafel, die im Sekundentakt die Rutschenzeiten an der steilsten Rutsche verkündete.

„Mir gefällt besonders gut das dezente Tattoo auf seiner Schulter."

„Mama!" Tabea schoss einen zornigen Blick auf ihre Mutter ab, die kicherte und ihre Hand tätschelte.

„Lass mich doch. Schließlich bin ich neben der Mutter auch noch eine Frau und Appetit darf ich mir ja wohl noch holen – gegessen wird am heimischen Tisch. Dein Vater weiß das."

„Was weiß ich?"

Tabeas Vater strich sich durch die Haare und wischte sich die Tropfen von der Schulter.

„Dass ich nur dich liebe. Setz dich zu mir." Mala klopfte neben sich auf die Liege, worauf er sich setzte und ihrer Mutter einen Kuss auf den Nacken hauchte. Danach ließ er den Blick zwischen Frau und Tochter hin- und herschweifen, doch bevor er fragen konnte, ließ Tabeas Mutter laut und deutlich verlauten: „Tabea hat sich in Till verguckt."

„Das ist mir jetzt zu blöd." Tabea zerrte ihr Handtuch von sich und stand auf. „Wenn du Till gegenüber einen Piep verlauten lässt, dann könnt ihr euch heute noch ein Hotel suchen, weil ich euch aus meiner Wohnung werfe."

Sie schleuderte ihre Flipflops unter die Liege und ging auf Till und Amita zu, die lachend, beide einen Reifen unter den Arm geklemmt, schon wieder aus dem Wasser stiegen.

Mala nahm die Hand ihres Mannes und drücke sie zärtlich. „Unsere Große hat es total erwischt. Ist das nicht wunderbar. Sie hat nach Jörns Tod endlich wieder ihr Herz geöffnet. Und Gott sei Dank ist Till ein ganz anderer Typ als Jörn, so wird sie keine Vergleiche ziehen."

„Lass sie aber bitte ihr Tempo gehen. Sie weiß schon selbst genau, wann sie den nächsten Schritt machen muss."

„Du überlässt mir jetzt mal Till und gehst zu Mama und Papa", wies Tabea Amita an und ließ keine Widerrede gelten.

Sie zog Till mit sich in den Wellnessbereich und dort in einen Bereich, in dem sich ein Whirlpool befand.

Aha, dachte Till und ließ sich neben Tabea niedersinken. Da ist aber jemand eifersüchtig.

„Ein toller Tag, findest du nicht?", fragte er und küsste Tabea auf den Nacken.

„Till, ich habe nachgedacht." Tabea rutschte wieder von ihrem Sitz und stellte sich zwischen seine Beine. Er kam ihr entgegen und unterdrückte die Erregung, die aufflammte, sobald er ihre nackte Haut an seinen Oberschenkeln spürte.

„Inwiefern", hakte er nach, als sie nicht weitersprach und rieb sich an ihr. Tabea wurde knallrot und sah sich entsetzt um.

„Doch nicht hier", murmelte sie und küsste ihn ungeachtet ihres Protestes sehr leidenschaftlich. Till hatte anschließend Mühe, sie nicht vor aller Augen hier auf der Stelle zu verführen.

Tabea schien zu ahnen, was in ihm vorging und sah ihn grinsend an. „Genau darum geht es. Ich finde, wir sollten nicht jeden Abend stundenlang telefonieren."

„Nicht?" Till sah Tabea entsetzt an.

„Nein!" Tabea lächelte. „Mir gefällt es, wenn wir zusammen sind. Was hältst du davon, wenn wir für den

Anfang einen Kompromiss schließen?"

"Und wie sähe der aus?", fragte Till und biss die Zähne zusammen.

"Vielleicht so: Unter der Woche macht jeder sein Ding. Freitags gehen wir zu dir oder zu mir und verbringen das ganze Wochenende zusammen." Tabea legte den Kopf schief und sah ihn unsicher an. "Wäre das ein Anfang?"

"Das ist mehr als ein Anfang, Tabea. Das ist der Beginn unseres gemeinsamen Lebens."

Till neigte den Kopf und küsste Tabea. Ihm kam ein Spruch von John Barrymore in den Sinn, den er auf Tabeas Kalender entdeckt hatte:

> Und plötzlich weißt du: Es ist Zeit etwas
> Neues zu beginnen und dem Zauber des
> Anfangs zu vertrauen.

ENDE

Liste der Hauptdarsteller

Band 1 – Herbststürme (spielt im Herbst 2011)
Pia Röcker, 26 Jahre alt, Fotografin
Alexander Pröhl, 28 Jahre alt, angehender Wirtschaftsprüfer
Tobias Pröhl, 10 Jahre alt, der Halbbruder von Pia und Alex
Marie Pröhl, Pias und Tobias' Mutter, Alexanders Stiefmutter
Fred Pröhl, Vater von Alexander und Tobias, Pias Stiefvater
Doktor Heidi Wartmann, Nachbarin, Kinderärztin und Leiterin der Hubschrauber-Rettungsstaffel am Kreiskrankenhaus Eschingen

Band 2 – Sternschnuppen-Regen (spielt im Frühjahr 2012)
Alexandra Frey, 28 Jahre alt, Buchhändlerin. Sie zieht seit sechs Jahren ihre Geschwister **Nathalie Frey**, 16 Jahre alt, und **Daniel Frey**, 11 Jahre alt, auf.
Doktor Christian Wartmann, 32 Jahre alt, Neurochirurg am Kreiskrankenhaus Eschingen
Doktor Chloé Harrison, Anästhesistin und Christians (Ex-)Frau

Band 3 – Hitzeschlacht (spielt im Sommer/Herbst 2012)
Tabea Lier, Pia Röckers Partnerin im Fotostudio
Till Winter, Kameramann
Mala und Harmut Lier, Tabeas Eltern
Sven Eberling (von Rittenstein), Psychologe, Notfallseelsorger und Pfarrer in Eschingen
Theresa von Rittenstein, Svens Mutter
Claus von Rittenstein, Svens Vater
Daniela von Rittenstein, Svens (Ex-)Frau

Vanessa von Rittenstein, Tochter von Sven und Daniela
Friederike und Martin Hollbach, Danielas Eltern
Nia Klieber, Kriminalbeamtin und Europameisterin im Bouldern

Danksagung „In Memoriam"

Wunderbarerweise geht das Schicksal manchmal seltsame Wege. Ich trat mit Tabea ungefähr ein halbes Jahr auf der Stelle, dann hatte ich die zündende Idee für die Nachfolgebände, die mich vor neue Herausforderungen stellen werden. Ich vergrub mich in das Schreiben von „Xseera" und „Gratwanderung" und ließ Tabeas Bedürfnisse links liegen.

Doch schließlich kam der Tag, an dem ich mich Tabeas Schicksal endlich annehmen musste. Ich wusste immer noch nicht wirklich, was sie mir erzählen wollte und beschäftigte mich daher lieber mit meiner Arbeit als Lektorin bei spiritbooks. Hier fiel mir ein Buch in die Hände, mit dem ich erst meine Schwierigkeiten hatte. Nach wenigen Seiten jedoch zog es mich hinein in eine Welt der Trauer, der Trauernden und der Spiritualität, die ich bisher nicht kannte. Hatte nicht Tabea genau solch einen Schicksalsschlag erlitten – welch ein Wunder – so musste es sein.

Ich lernte Petra Möller, die Autorin von „Im Spiegel deiner Seele" durch viele Telefonate und Mails ein wenig näher kennen und entdeckte, dass sie, wie im Buch beschrieben, in der Trauerarbeit tätig ist. Ebenso entdeckte ich ihr Kartendeck „In Memoriam", das sie mit einer Kollegin entworfen hat. Ich bestellte es – und los ging es mit der Trauerbewältigung von Tabea.

Ich bin wirklich dankbar für die wundervolle Fügung, Lektorin für „Im Spiegel deiner Seele" gewesen zu sein und dafür, dass ich dieses wunderbare Erfahrung hier für meinen dritten Band der Mittsingen-Reihe verwenden durfte. Danke auch, für das spontane Testlesen, die Rückmeldungen und Ideen! Liebe Petra, ich hoffe doch sehr darauf, dass wir uns auch einmal persönlich kennenlernen dürfen!

Meinen fleißigen Testlesern aus Gerlingen, Ingolstadt, Kreuzlingen, Münchingen, Schwerin, Weilimdorf, meinen Lektorinnen aus Böblingen und Forstinning sage ich ebenfalls herzlichen Dank. Eure Bemerkungen und eure Unterstützung sind einfach unermesslich für mich.

Danke, wie immer an meine Family, ich weiß, es war dieses Mal schlimmer denn je … Ich hoffe, ich kann euch irgendwann mal all das Verständnis in Liebe und Zeit für Euch zurückgeben!